江戸川亂步傑作集 2

江戶川亂步傑作集 2

人間椅子

屋頂裡的散步者

輕文學
Light Literature

這是椅子裡的戀情！

椅中之戀是多麼奇妙、具有多麼令人陶醉的魅力，除非實際進入椅子，否則不會明白的。那是只限觸覺、聽覺和些許嗅覺組成的戀情。黑暗世界中的戀情，絕不屬於這個人世間。難道這就是惡魔之國的愛慾嗎？

節錄自〈人間椅子〉

插畫／昝井淳
監修／平井憲太郎

人間椅子

佳子每天早上總得先送丈夫出門辦公，過了十點之後才能做自己的事。她習慣窩進和丈夫共用的書房工作，為了今年夏天K雜誌的特別增頁版，她正在寫一部長篇大作。

身為美女作家的她，近來名氣已經逐漸壓過擔任外務省書記官的丈夫。每天，佳子都會收到幾封不認識的書迷寫來的信。

今天早上也是，在書桌前坐定後，還沒開始工作就得先讀這些陌生人的信。

那些信的內容幾乎全都無聊得不能再無聊，然而，不管是什麼樣的內容，既然是寄給自己的信，她還是會秉持女人特有的體恤，拆開來讀過一遍。

從簡單的開始，讀完兩封信和一張明信片之後，剩下的是厚厚一疊看似原稿的來信。過去也常有人在沒有附帶任何信件說明的情況下突然寄原稿過來，就經驗而言，內容多半冗長又無趣。不過不管怎麼說，就算只是看看標題也好，她還是拆開信封，取出那疊紙。

不出所料，果然是一疊稿紙。只是不知為何，既沒有標題也沒有作者署名，一開頭就以「夫人」稱呼。奇怪，原來還是一封信嗎？佳子狐疑地心想，讀了開頭兩、三行後，內心產生一股異常又奇妙的預感。在天生好奇心的驅使下，她興致勃勃地讀了下去。

夫人：

請原諒我這個對夫人而言完全陌生的男人，突然無禮地寫了這麼一封信給您。

對於我下面說的話，夫人您一定會很驚訝。因為我即將對您供出自己那看在世人眼中，堪稱匪夷所思的罪行。

幾個月來，我完全從人世間消失了蹤影，持續過著幾乎可說是惡魔般的生活。當然，廣大的世上沒有一個人知道我做了什麼。若無意外，我可能永遠這樣過下去，再也不會回到人世間。

不料到了最近，我的內心產生某種不可思議的變化。我的作為實在該得到報應，無論如何也無法不為此懺悔。光是聽我這麼說，您的內心想必浮現了各種疑慮吧。但是，請您務必將這封信讀到最後。這麼一來，您就會明白我懷著什麼樣的心情寫下這封信，又為什麼非要對夫人您做出這番剖白不可。

該從哪裡開始寫起才好呢？因為這件事實在太不合常情又奇怪無比，用「寫信」這個人世間常見的方法表達，不免教人難為情而遲遲無法下筆。可是，再猶豫下去也不是辦法，無論如何，我決定按照事情發生的順序寫下去。

我生來就是世間少見的醜怪之人，這一點請您務必銘記在心。否則，要是您接受了我無禮的乞求而願意與我見上一面，以我原本就難看的長相，再加上長久以來過著不健康的生活，如今更是醜惡得令人無法再看第二眼。要您在毫無心理準備的狀況下見到這樣的我，實在太難堪了。

我是個多麼不幸的男人啊，明明長著如此醜陋的容貌，內心卻燃燒著不為人知的熾烈熱情。長得像妖怪，家裡又窮，職業不過是一介工匠，我卻經常忘記這樣的現實，暗自嚮往高攀不起、甘美奢華的種種「美夢」。

如果我生在富裕之家，或許還能憑藉金錢的力量沉浸於各種嗜好興趣，忘了容貌帶來的自卑無奈；又或者，如果上天賦予我藝術天分，比方能寫出美妙的詩歌，我就能藉此忘懷世間的無情與無趣吧。然而不幸的我，沒能擁有任何一種天賜恩惠，身為一個悲哀的家具工匠之子，只能繼承父親的工作，為每日生計孜孜矻矻，死而後已。

我的專長是製造各種椅子。不管來訂做椅子的人提出多難達成的要求，我做的椅子一定能令他們滿意。店裡也對我另眼相看，總是把最高級的訂單分配給我。一旦要做這麼高級的椅子，無論靠背或把手上的雕花，或是各種難以達成的規格、座墊的柔軟度、各零件的尺寸等等都得費功夫，每個客人的喜好各有微妙的不同，製作者花費的苦心孤詣更是一般人難以想像。不過，沒有什麼比費盡心思完成的椅子更令人滿懷喜悅。這麼說或許有些狂妄，私以為這種喜悅，甚至能與藝術家完成偉大作品時的喜悅相提並論。

每完成一張椅子，我都會自己坐上去試試感覺。在枯燥乏味的工匠生活中，只有這一刻能為我帶來難以言喻的成就感。將來坐上這張椅子的，會是多麼崇高的貴人？又或者是多麼美麗的女性？既然能訂做如此體面大方的椅子，一定也擁有配得上這張椅子的豪華宅邸吧？牆上必然裝飾著名家創作的油畫，天花板上掛著媲美昂貴寶石的吊燈，地板也鋪上了一層高價的絨毯。在這張椅子前面的桌上，肯定擺著醒目的西洋花草，散發出甜美香氣盡情綻放。

一旦沉溺於這樣的幻想，不知怎地，總覺得自己就是那棟氣派豪宅的主人。儘管只是短短一瞬間，也能擁有一股難以言喻的愉悅心情。

我虛渺的幻想逐漸變本加厲、不知節制。既貧窮又醜陋，僅是一介工匠的我，在幻想世界中成為高尚的貴公子，坐在我打造的那張體面的椅子上，身邊是那總在夢中出現的美麗戀人，露出嬌媚的微笑入迷地聽我說話。不只如此，在我的幻想中，我和她手牽著手，叨叨絮絮地說著屬於戀人的甜言蜜語。

可惜的是，不管什麼時候，我這飄飄然的旖旎美夢總是很快就被鄰居太太聒噪的說話聲，或附近病兒歇斯底里的哭叫聲打斷，醜惡的現實再次將灰暗的形骸攤在我眼前。回歸現實的我，發現自己可悲的醜怪外貌和夢中的貴公子沒有一絲一毫相似，而剛才那位對我微笑的美女呢……別傻了，根本沒有這樣的人。身旁有的只是滿身灰塵、玩得髒兮兮的小褓姆，但就連她也懶得看我一眼。唯有我做的椅子還孤零零地杵在那裡，彷彿捨不得離開剛才的夢境。可是總有一天，那張椅子也會被搬走，帶到一個和我完全不同的世界。

就這樣，每次完成一張椅子，我就得承受一次這種難以言喻的空虛。那種不知如何形容才好，討厭的、討厭的心情，隨著年月流逝，愈來愈教我無法忍受。

「與其繼續過這種蛆蟲似的生活，不如乾脆死了比較好。」

我真的這麼想。工作時，不管是鑿木頭、釘釘子還是攪拌具有刺激性的塗料，這個念頭都在腦中執拗地縈繞不去。

「可是，等等喔，既然都有一死了之的決心，就一定會有別的辦法。比方說……」

漸漸地，我的思考朝向可怕的方向演變。

正好在那時候，店家委託我打造過去不曾做過，帶有扶手的大型皮椅。這批椅子要送到同在Y市的某間外國人經營的飯店。原本該間飯店用的椅子都是直接向國外廠商訂購，這次，僱用我的店家拚命向飯店推銷，說是有個能做出不輸舶來品椅子的工匠，這才好不容易拿到這筆訂單。也正因為如此，我廢寢忘食地製作椅子，幾乎可以說是投入靈魂忘我地製作著。

看到完成的椅子時，我感到前所未有的滿意。不是我自誇，這椅子實在做得太好了。我按照慣例，將四張椅子中的一張搬到陽光充足，鋪了木頭地板的房間，慢條斯理地試坐在椅子上。坐起來真是太舒適了，座墊蓬鬆、軟硬適中，因為不愛染色而特意保持本來灰色的皮革也繃得剛剛好；觸感滑順的鞣革，適度傾斜的飽滿椅背描繪出細緻的線條，輕輕支撐著背部。這一切不可思議地協調，渾然天成，完全就是「舒適」兩字的具體呈現。

我讓身體深深埋進椅子，雙手愛撫那圓鼓鼓的扶手，內心陶醉不已。這時我又犯了老毛病，止不住的幻想如五色彩虹般撩亂，接二連三湧上心頭。該說那是幻覺嗎？內心所思所想太過鮮明地浮現在眼前，讓我懷疑自己是否已精神錯亂。

在這樣的狀態下，腦中忽然閃過一個美好的想法。所謂惡魔的低喃，指的一定就是這種事吧。那個想法有如荒誕無稽的夢，但又令人毛骨悚然。然而，正是這樣的毛骨悚然形成了無可比擬的魅力，促使我去實現。

起初，只是出於捨不得將這張窮盡心力做出的美麗椅子拱手讓人，不管它被送到何方都想一起跟隨的單純心願。沒想到，當幻想的翅膀在不知不覺中張開，這個心願竟與平日在我腦中發酵的那些可怖想法結合了。而後，哎，我怎麼會這麼瘋狂呢，竟然想將這詭異至極的幻想加以實現。

我十萬火急地將四張椅子裡做得最好的那一張扶手椅拆解開來。接著，為了實現那奇異的計畫，重新加以改造成適合的模樣。

那是一張大型扶手椅，座椅部分的皮革幾乎快碰到地面，椅背與扶手做得很寬厚。因此，我得以打通椅子內部，做出即使藏了一個人在裡面，從外頭也絕對看不出來的大洞。當然，椅子裡原本裝有結實穩固的木框和大量彈性泡綿，經過我的巧妙加工，只要把膝蓋擱在座椅下方，把頭和上半身塞進椅背裡，就有足夠的空間以同樣的坐姿藏身在椅子裡。

這樣的改造對我而言只是小事一樁，我手腳俐落地完成了方便計畫進行的椅子形狀。比方說，為了便於呼吸和聽見外面的聲音，我在部分皮革做出完全看不出來的縫隙；又在椅背內部，正好是側頭部靠著的地方，釘了一個存放東西的小架子，並在架上塞了水壺和行軍用的乾糧；也為了某種用途，準備了一個橡膠大袋子……除此之外還想了許多點子，總之，只要有足夠的食物，在椅子裡待上兩、三天也絕無任何不便之處。說起來，就是把那張椅子變成一個只容一人入住的房間罷了。

我脫得剩下一件襯衫，掀開設在底部的蓋子，整個人潛入其中，心情變得非常奇妙。

完全的漆黑與窒息感，宛如置身墓穴的不可思議感受。仔細想想，那根本就是墳墓。因為當我一進入椅子，就像穿上隱身簑衣，從人世間消失了。

沒過多久，商家的伙計帶著大推車來取椅子，我的徒弟（我平日就和這男人一起生活）渾然不知地招呼對方。他們把椅子裝上推車時，其中一個苦力喊了一聲「這張椅子還真重」，把椅子裡的我嚇得心驚肉跳。不過，扶手椅子本來就非常重，眾人倒也不疑有他。很快地，推車喀啦喀啦地動起來，我的身體因震動而傳來一股異樣的感受。

儘管內心非常忐忑，那天下午我藏身的扶手椅仍是平安無事地送抵飯店，安放於其中一間房間。後來我才知道，那間房間不是客房，而是供人等待、讀報、吸菸的地方，總有各種人頻繁進出，可以說是類似交誼廳的所在。

您或許早已察覺了吧？我做出這種怪事最大的目的，是想趁無人之時從椅中脫身，在飯店裡四處走動，找機會下手行竊。椅子裡竟然躲了一個人，誰能想像得到這麼荒唐的事？我就像影子來去自如，從一間房間晃到另一間房間。等人們開始不安騷動，只要逃回椅子裡的隱居處，屏氣凝神欣賞他們滑稽的搜索行動。您應該知道海岸有一種叫「寄居蟹」的蟹類吧。牠的長相恰似一隻大蜘蛛，沒人的時候，就一臉旁若無人的樣子昂首闊步，但只要一聽到人們的腳步聲，立刻以驚人的速度逃進貝殼中，露出一點噁心的毛茸茸前腳，偷偷窺伺敵人的動靜。我就像那寄居蟹，椅子這個隱居處就是我的貝殼，只是我旁若無人昂首闊步的地方不是海邊，而是這棟飯店。

於是，我這異想天開的計畫，就是因為太過異想天開、出人意表，竟然順利成功了。進入飯店第三天，我已經狠狠撈了一大票。動手行竊時既提心吊膽又有趣，順利得手時更是難以形容的開心。還有，看著飯店人們大費周章卻遍尋不著就在眼前的我時，那種好笑的感覺，在在具有不可思議的魅力，逗得我其樂無比。

可惜，現在我沒時間詳細敘述那些事了，因為我在這裡發現了比偷竊愉快十倍、二十倍的極端奇妙樂趣。事實上，剖白這件事才是我寫這封信的真正目的。

話題必須稍微回到前面一點，從我的椅子放在飯店交誼廳時開始說起。

椅子剛送到飯店時，飯店老闆等人輪流試坐了一遍，之後就沒聽見任何聲音。我想房裡大概沒有人，可是初來乍到，我實在沒有勇氣走出椅子。我花了很長一段時間（或許只是我自己覺得過了很久也不一定）豎起耳朵傾聽是否有一點聲音，仔細觀察周遭狀況。

然後，過了一會兒，應該是從走廊上吧，傳來一陣沉重的腳步聲。腳步聲走到距離椅子十多尺遠（註1）的地方，因為房間裡鋪了絨毯的關係，聲音輕微得幾乎聽不見。又過不了多久，我聽見粗重的男性喘氣聲，心頭一驚時，一個似乎是洋人的高大身軀便已落坐在我膝上，還輕輕彈跳了兩、三下。在我的大腿與男人壯碩的臀部之間，只隔著薄薄一層皮革，緊密貼合的程度，幾乎能使我感受到對方的體溫。他寬大的肩膀正好靠在我胸口，頗有分量的雙手隔著皮革疊在我的雙臂上。接著，男人大概抽起雪茄，屬於男性的馥郁香氣，透過皮革上的縫隙飄了進來。

夫人，假設您就坐在我的位置，不妨想像一下當時的模樣。哎，該怎麼說呢，那感覺真是詭異到了極點。我因為太害怕，在黑暗的椅子裡渾身僵硬，腋下冷汗直流，失去思考能力，陷入一陣恍惚。

以這個男人為始，那天一整天，有各式各樣的人輪流坐上我的膝頭。同時，誰也沒有發現我在那裡——他們一定堅信這張椅子有著柔軟的座墊，其實那是我這個人類有血有肉的大腿。

皮革下的天地一片漆黑，我動彈不得。究竟該如何形容這片天地的奇異魅力才好呢？在那裡，人類感覺起來和平時看到的人類是完全不同的生物，他們只是聲音、鼻息、腳步

註1／日本單位的一尺約等於三十點三公分。

聲、衣服摩擦的聲音和幾團渾圓又富有彈性的肉塊罷了。我開始能從肌膚觸感來辨識他們，而不是依靠容貌辨別。有的人身材肥胖，觸感像腐敗的魚肉；有人正好相反，瘦得像是一具骷髏。除此之外，脊椎骨的彎曲度、肩胛骨的寬度、手臂的長度、大腿的粗細度，甚至是尾椎骨的長短等等，綜合以上這些部位來看，無論外表身高多相近的兩人，也總有不同的地方。人類除了靠長相與指紋，還能像這樣靠著身體的整體觸感做出區分。

對於異性也一樣。一般來說，注目和批評的焦點主要集中在容貌的美醜吧，但椅子裡的世界則不然，容貌在這裡完全不是問題，因為這裡有的只是毫無掩飾的肉體、說話的聲調和散發的味道。

夫人，希望我露骨的描寫不會令您不快。椅子裡的我，開始對一位女性的肉體眷戀不已，她也是第一個坐在我這張椅子上的女人。

若從聲音想像，她應該是個尚且年輕的異國少女。正好那時房間裡沒有別人，她似乎碰上什麼開心的事，低聲唱著我無法理解的歌曲，踩著跳舞般的腳步走進房內。然後，才剛來到我藏身的扶手椅前，便一股腦兒將豐滿又非常柔軟的肉體拋上椅子。不只如此，她還不知道想起什麼好笑的事，邊哈哈大笑，邊手舞足蹈地扭動著身子，模樣像極了在網中掙扎的魚。

之後的半個小時，她幾乎都坐在我腿上，有時唱歌，有時配合旋律扭動結實的身體。

對我而言，這著實是一件預期之外的驚天動地大事。女人於我是神聖的，不，幾乎是令人畏懼的，我甚至不敢正眼瞧女人的臉。這樣的我，如今竟然和一個陌生的異國少女共處一室，坐在同一張椅子上，感受隔著一層薄薄皮革緊貼的肌膚溫度。在這樣的狀況下，她不但沒有任何不安，還將全身的重量交付給我，因四下無人而毫無戒心，隨心所欲地展現原原本本的姿態。椅子裡的我，可以假裝自己正擁抱著她，也可以隔著皮革親吻那豐滿的頸項，以及做出其他任何我想做的舉動。

有了這驚人的發現後，最初的偷竊目的已被我擺到第二，忘我地沉溺在這奇妙的觸感世界。我開始認為，唯有這裡，唯有這張椅子裡的世界，才是上天賜給我的真正棲身之所。像我這麼醜陋又懦弱的男人，在光明的世界裡永遠只能過著自卑、羞恥、悲慘的生活，是個無能的人。然而，一旦身處的世界改變，像這樣進入椅子之中，只要能夠忍受侷促狹小的空間，就能接近那些在光明世界裡別說交談，或許連來到我身邊都不願意的美女，聽她們說話、觸摸她們的肌膚。

這是椅子裡的戀情！椅中之戀是多麼奇妙、具有多麼令人陶醉的魅力，除非實際進入椅子，否則不會明白的。那是只限觸覺、聽覺和些許嗅覺組成的戀情。黑暗世界中的戀情，絕不屬於這個人世間。難道這就是惡魔之國的愛慾嗎？仔細想想，在人世間每個無人注視的角落，究竟正發生著多少異常又可怕的事，還真是難以想像。

當然，按照一開始的計畫，只要達到偷竊的目的，我就打算立刻逃出飯店。可是，沉迷於這般奇妙喜樂之中的我，別說要逃出飯店，甚至還想永遠住在椅子裡，永遠過著這樣的生活。

夜裡外出時，我總會留心再留心，不發出一丁點聲音，小心不被任何人看見。不用說，我從沒遇過任何危險。即使如此，漫長的幾個月下來，連一次也沒被人發現的椅中生活，仍令我自己十分驚訝。

我幾乎一整天都得待在極為侷促狹窄的地方。一直保持屈起手臂、折彎膝蓋的姿勢，令我全身發麻，即使走出椅子也無法完全站直。到最後，往返廚房或廁所時，只能像個癱子在地上爬行。我真是個腦袋不正常的男人，寧可忍受這種痛苦，也不願割捨那帶來不可思議觸感的椅中世界。

雖然也有一住就住上一、兩個月的客人，但這裡畢竟是飯店，客人來來去去也很正常。因此，我只能無奈地隨時改變奇異愛戀的對象。和一般人不同，我對於許多不可思議戀人的記憶，不是以容貌，主要是以身體的形狀烙印在心上。

有的女人如小馬般精悍，擁有緊實健美的肉體；有的女人宛如蛇一般妖豔，擁有靈活自在的肉體；有的女人像顆橡皮球一樣肥胖，擁有富含脂肪與彈力的肉體；有的女人簡直就像希臘雕像，擁有結實強勁、發展健全的肉體。不管哪個女人的肉體都有自己的特徵，也有自己的魅力。

如此不斷從一個女人移情別戀到另一個女人身上的我，在飯店中還有其他不同的有趣體驗。

其中之一，是當時歐洲某強國大使（我是從日籍侍者的閒談中得知的），將他那偉大的軀體放在我腿上。與其說他是個政治家，其實更為人所知的身分是一位享譽國際的詩人。得知這位大人物的肌膚感觸，令我興奮又自豪。他坐在我身上，和兩、三位同胞說了十分鐘左右的話，便起身離去。當然，他說了什麼我一句都聽不懂，然而，每當他指手畫腳地說話時，那微微隆起、比常人更溫暖的肉體帶來的搔癢般觸感，每每形成一種無以名狀的刺激。

那時，我腦中突然出現一個想像。如果！如果我從這片皮革後方舉起銳利的刀子，朝他的心臟刺去，會有什麼結果？肯定會造成令他永遠無法起身的致命傷。姑且不提他的國家，這件事會在日本政界引起何等騷動？報紙、新聞又會刊載多麼激動的報導呢？

再者，這件事不僅會對日本與大使的國家之間的外交關係產生極大影響，站在藝術的立場，他的死也毫無疑問會是世界的一大損失。這麼嚴重的事件，竟然只要我一抬起手就能輕易實現，一思及此，不由得奇妙地自豪起來。

還有另外一件事。某國知名舞者訪日之際，正巧住在這間飯店。雖然只有一次，她也曾坐在我這張椅子上。除了和大使那次一樣的感想之外，她理想的肉體美更給予我前所未有的體驗。由於她實在太美，我根本無暇產生邪念，只能帶著欣賞藝術品般的虔敬心情獻上讚嘆。

事實上，我還有很多稀奇古怪、匪夷所思或詭異噁心的經驗，只是，這封信的目的既非詳述那些事件，全部說完也太過冗長，還是讓我趕緊言歸正傳吧。

在我來到飯店幾個月後，出現一個新的變化。事情是這樣的，出於某種原因，飯店的經營者不得不打道回國，只好把整間飯店頂讓給一間日本人開的公司。日本人一改過去豪華經營的方針，認為以一般大眾為客群對經營更為有利，因此委託某大型家具商將用不著的家具全數拍賣。而我這張椅子，也在拍賣目錄之中。

知道這件事的我，一時之間大失所望，也曾想過乾脆趁著這個機會回歸娑婆世界，重新展開新生活。當時我偷竊得手的金額已經不小，假使回到人世，也不用再過從前那麼悲慘的生活。但我轉念一想，椅子離開外國人經營的飯店固然令人失望，從另一個角度來看，倒也不啻一個新希望。之所以這麼說，是因為這幾個月來，儘管我愛上了不少異性，可是對方畢竟全都是外國人。無論那是多麼美妙、多麼符合我喜好的肉體，精神上總不免感到莫名不滿足。日本人果然還是得和日本人配對，才能體驗何謂真正的戀情。當這個念頭逐漸在我心中落實時，我藏身的椅子被送去拍賣了。這次說不定會給日本人買走，說不定這張椅子會被放在日本家庭裡——這就是我的新希望。無論無何，我決定繼續在椅子裡住上一陣子。

椅子暫時存放在日用品店裡的那兩、三天，真是一段痛苦的記憶。幸運的是，開始拍賣後，我的椅子很快就找到買家。即使是二手貨，這還是一張足以吸引人的漂亮椅子。

買家是一位政府官員，住在離Y市不遠的大都市。從店裡到他家這段路有好幾里，在劇烈晃動的卡車上，我嚐到瀕死的痛苦滋味。不過，再怎麼痛苦也比不上知道買下我的是日本人時，內心湧現的那份喜悅。

買下椅子的官員擁有一棟氣派的豪宅。放置這張椅子的地方，雖是洋房裡那間寬敞的書房，但我非常滿意。因為比起屋主，更常使用書房的是這個家年輕貌美的夫人。此後一個月，我每天都和夫人在一起。除了夫人用餐及就寢的時間之外，那柔美的肢體總在我身上。因為這段期間，夫人一直待在書房埋首寫作。

我有多麼愛她，就不用在這裡長篇大論了。她是我第一個接觸的日本人，而且擁有十分美麗的肉體。這時的我，終於知道什麼是真正的戀愛。相較之下，飯店裡的那些經驗，根本不能稱之為戀愛。證據就是，至今只要享受祕密愛撫就能滿足的我，只有在面對夫人時產生了前所未有的念頭，千方百計想讓夫人知道我的存在。

如果可以的話，我希望夫人也能察覺椅子裡的我；更一廂情願來說，我希望她能愛上我。可是，我要如何讓她知道呢？假使明目張膽地告訴她椅子裡躲了一個人，震驚之餘，她肯定會將此事告知丈夫與家人。那麼一來，別說一切希望都無法達成，我還會背上可怕的罪名，接受法律的制裁不可。

於是，我選擇的是至少努力讓夫人在我的椅子上坐得舒服，進而對這張椅子產生依戀。她是一位藝術家，肯定天生比常人敏感。若是她能從椅子上感受到生命力，不只將椅子視為無機物，而是當作生物一般眷戀，這樣我就十分心滿意足了。

當她坐在我身上的時候，我會注意盡可能溫柔地接住她；在她疲倦的時候，我會悄悄蠕動膝蓋，改變她身體的位置；還有，在她開始打盹時，我會非常非常輕微地搖晃大腿，扮演一個盡責的搖籃。

或許是我的心意得到回報，也可能單純只是我的錯覺，最近，總覺得夫人似乎愛上了我這張椅子。她會帶著一股甜蜜的溫柔窩進我這張椅子，好似母親懷抱裡的嬰兒，又像戀人懷抱裡的少女；就連她在我腿上挪動身體的模樣，也看似充滿依戀。

我如此日復一日地燃燒熾烈的熱情，到最後，終於忍不住……唉，夫人，我終於忍不住許下一個不自量力的踰矩心願。只要一眼就好，我滿心希望能見一眼心愛的戀人，要是還能說上一、兩句話，也就死而無憾。

夫人，想必您已明白了吧？請原諒我的無禮，我口中的戀人其實就是您。打從您的丈夫在Y市那間日用品店買下我這張椅子之後，我這個可悲的男人就愛上不該愛的您。

夫人，這是我一生唯一一個心願。您能否見我一面，一面就好。見面之後，能否給我這個可悲的醜陋男人一句撫慰的話語。除此之外，我絕不會奢求更多。我知道那不是自己這個醜陋骯髒的人應該奢望的事，然而，請您、請求您聽一聽這全世界最不幸的男人卑微的心願吧。

為了寫這封信，昨晚我溜出了宅邸。面對面向夫人您請求這種事，除了非常危險之外，我也實在做不出來。

當您閱讀這封信的現在，我正憂慮而臉色發白地在府上四周徘徊。

如果、如果您願意接受這個全世界最無禮的請求，請將您的手帕放在書房窗邊的撫子花盆上。看到這個暗示，我將若無其事地裝作一名訪客，造訪府上的玄關。

最後，這封匪夷所思的信以一句熱烈的祈求作結。

這封信讀到一半時，佳子早已有了可怕的預感，嚇得臉色鐵青。她下意識地起身，逃離放有那張噁心扶手椅的書房，衝進日式裝潢的起居室。雖曾想過乾脆撕毀讀到一半的信，但終究壓抑不住內心的好奇，仍在起居室的小桌邊繼續讀信。

她的預感果然是對的。

這是多麼駭人的事實，在她每天坐的扶手椅中，竟藏著一個陌生男人。

「啊啊，好噁心。」

一陣惡寒襲來，像遭人朝背上潑了一盆冷水。不知從何時起，身子顫抖得停不下來。太過驚人的事實，令她茫然失措，完全不知該如何是好。去檢查那張椅子？這麼可怕的事，要她如何才能做到。即使椅子裡沒有人，肯定也殘留著食物或其他屬於他的穢物吧。

「太太，有您的信。」

她心頭一驚，回頭一看，是一名女傭，手裡拿著似乎才剛收到的信。

佳子下意識地接過信，正要拆封時，不經意地看見信封上的字，震驚得拿不穩手裡的信。收件人處寫著她的名字，字跡就和剛才那封詭異信件上的一模一樣。

她猶豫了很久，不知該不該拆開這封信。最後，她終究還是撕開信封，戰戰兢兢地讀起內容。這封信很短，裡面寫著令她再度大吃一驚的奇妙語句。

請原諒這突如其來的失禮來信。敝人素來是老師作品的書迷，與這封信分開寄上的原稿，乃是敝人拙作，若能承蒙您一讀，並且給予批評指教，對敝人而言將是無上的榮幸。因為某種原因，原稿在這封信前便已寄出，猜測您應該已經讀過。不知您覺得如何？倘若拙作能有一絲感動老師之處，便是敝人最大的喜悅。

關於原稿刻意略過不寫的標題，竊以為可命名為「人間椅子」。

那麼，請容我僭越，懇請賜教。

D坂殺人事件

（上）事實

那是發生在九月上旬某個悶熱夜晚的事。我在位於D坂大道中段附近一家叫白梅軒的喫茶店裡喝著冰咖啡，我是那裡的常客。當時，我剛從學校畢業，還沒找到正式工作，每天不是待在寄宿處東倒西歪地看書，看膩了便漫無目的地出門散步，再不然就是找家不怎麼花錢的喫茶店泡著。這間白梅軒離我寄宿的地方很近，不管上哪散步都會經過，是我最常光顧的一間。我這人有個壞習慣，一進喫茶店就會一屁股坐很久。我本來食量就小，加上阮囊羞澀，與其點一盤西餐，不如用兩、三杯便宜咖啡替代，還可以待上一、兩個小時不走。話雖如此，我可不是對女服務生懷有非分之想，也不曾調戲人家。或許只是因為喫茶店總比寄宿處體面，待起來又舒適吧。那天晚上，我照例點了一杯冰咖啡，花了很長時間慢慢喝，占著我的老位子——面對大馬路的那張桌子——出神地望著窗外。

這間白梅軒所在之處的D坂，從前曾是菊人形（註2）的著名產地。當時，原先狹窄的馬路因市區重劃的緣故，才剛拓寬為好幾十尺寬的大馬路，也因此馬路兩側留有不少空地，和如今相比冷清多了。那時候，隔著這條大馬路，白梅軒的正對面有一間舊書店。老實說，我已經盯著這間店好一會兒。那是一間簡陋荒僻的舊書店，其實沒什麼看頭，我直盯著看只是出於個人一點特別的興趣。是這樣的，最近我在白梅軒結識了一個名叫明智小五郎的奇特男人，聊過天後發現他真是個怪人，頭腦似乎非常聰明。其中最吸引我的地方，是他說自己喜歡偵探小說。上次聽他說，那間舊書店的老闆娘是他的青梅竹馬，根據我在那裡買過兩、三本書的經驗，舊書店老闆娘是個相當出眾的美女，要說是哪裡特別美嘛，最吸引男人的應該是那股說不出的性感氛圍吧。晚上她都會在店面顧店，我心想今晚一定也在，目光往整個店裡瞄了一圈。（話雖如此，也不過是一間十五尺寬的狹窄小店。）店裡沒半個人在，老闆娘大概等等就會出來了吧？出於這個想法，我才會一直盯著店面。

但是，老闆娘一直沒出現。我實在等得不耐煩了，正想把視線轉移到隔壁的鐘錶行時，說來奇怪，忽然看到隔開店面與裡間的拉門「唰啦」一聲拉上——那種拉門有個專有名詞叫「無雙」。和普通拉門不一樣的是，中央本該貼著和紙的地方是兩片木格柵門。木格柵門可

註2／用菊花菊葉做出服裝的日本傳統人偶。

以左右開闔，柵門上的木條間隔約莫五分（註3）。舊書店這種地方很容易遭竊，就算店面沒人看顧，裡間的人也能隔著木格柵門的木條間隙監看店面。問題是，現在店面明明開著，為什麼裡面的人要把木門拉上？真是令人想不通。天冷的時候也就罷了，在這個才剛進入九月的悶熱夜晚，關上門這件事本身就夠奇怪了。我腦中轉著種種念頭，總覺得裡面那間房一定發生了什麼事，這下更無法移開視線。

說起這間舊書店的老闆娘，我曾經從喫茶店的女服務生口中聽過奇妙的傳聞。她說是在澡堂裡聽見認識的婦人、姑娘們聊起的。其中一個人說：「舊書店的太太人長得那麼漂亮，可一脫下衣服啊，全身上下都是傷。看那傷痕，準是被打或掐出來的。那對夫妻感情明明不差啊，真是奇怪。」另一個人則說：「和舊書店位於同一排的那間旭屋蕎麥麵店的老闆娘身上也常帶傷，我看同樣是被打出來的……」這些閒言閒語代表了什麼，當時我並未深思，只隨意下了老闆們脾氣不好的結論。各位讀者，沒想到事實完全不是那麼回事，這件乍看之下無關緊要的小事，其實對整個故事至關重大，讀到後面各位就明白了。

總而言之，我已經盯著對面看了三十分鐘，該說是憑著一股直覺嗎？總覺得只要一把目光移開就會發生什麼事，所以，我怎麼也不敢轉移視線。就在這時，剛才提到的明智小五郎，一如往常穿著那件粗條紋浴衣現身，以甩著肩膀的奇怪姿勢經過窗前。他一看到我便點頭打招呼，走進店裡點了一杯冰咖啡，在我身邊坐了下來，朝窗外同一個方向望去。他發現我盯著某一處，便也隨著我的視線，眺望起馬路對面的舊書店。有趣的是，他似乎也對舊書店很感興趣，目不轉睛地凝視著那個方向。

我們就這樣彷彿說好了似的，眼神看著同一個地方，嘴上閒聊起各種話題。當時到底說了些什麼，如今我早已全部忘光，畢竟那和這個故事毫無關聯，就算省略也無妨。唯一可以確定的是，我們聊的都是和犯罪或偵探相關的事。以下是我模仿當時的對話試舉一例。

「世上真的沒有絕對不被發現的犯罪行為嗎？我倒是認為很有可能。比方說谷崎潤一郎的《途上》，像那種犯罪就絕對不會被發現。在小說裡，雖然偵探破案了，但那只不過是作者發揮出眾想像力的結果。」明智這麼說。

「不，我不認為。姑且不論實際上可能遇到的問題，就邏輯而言，不可能存在偵探偵破不了的案件，只是現在警方之中沒有像《途上》裡那麼偉大的偵探罷了。」

大致上來說，這就是我們聊天的內容。不過，就在某一瞬間，我們兩人又像說好似地同

註3／日本丈量單位中，一分為百分之一尺，即零點三零三公分。

時沉默下來。因為，即使聊天中也不忘緊盯的舊書店裡，發生了耐人尋味的事。

「你也發現了吧？」

我低聲確認，他立刻回答：

「你說的是偷書賊吧？怎麼看都很奇怪，從我進來喫茶店裡看到現在，這已經是第四個偷書賊了。」

「你來之後大約經過三十分鐘，三十分鐘四個人，確實有點異樣。我從你來之前就開始盯著看，差不多看了一小時。那裡有扇門對吧？打從剛才我瞥見那個木格柵門被拉上後，就一直盯著不放。」

「裡面的人該不會外出了吧？」

「可是，那扇門一次也沒打開過。如果真的外出，會是走後門嗎……整整三十分鐘無人顧店確實很怪。怎麼樣，要不要過去看看？」

如果發展成犯罪事件就有意思了。我暗地裡這麼想，走出喫茶店。明智肯定也有一樣的想法，感覺得出他有點興奮。

那是一間典型的舊書店，店裡的地板是裸露的泥土地，入店後，正面與左右兩側牆上各自釘了高達天花板的書櫃，並在及腰之處設置用來排書的平台；另一個也是用來排書的長方桌，宛如島嶼般杵在店中央。此外，正面書櫃右邊三尺處，有一條通往裡間的通道，以剛才說過的拉門隔開。老闆娘平時總是坐在這扇拉門前的半疊（註4）榻榻米上顧店。

明智與我走到榻榻米處，試著大聲詢問，但沒得到任何回應。難道真的沒有人在嗎？我稍微拉開門，朝裡間窺探，裡面沒有開燈，一片漆黑，隱約看得見一個人倒在房間角落。感覺事有蹊蹺，我再喊了幾聲，還是沒有回應。

「沒關係，進去看看好了。」

於是，我倆踩著咚咚的腳步聲走進裡間。明智開了燈，瞬間，我們同時發出驚呼。因為燈亮起後，看到一個女人的屍體橫躺在房間角落。

「是這裡的老闆娘。」我好不容易擠出聲音。「看起來像是被勒死的。」

明智走到屍體身邊查看。

「看來是沒救了，得趕快通知警察才行。我去打公用電話，請你在這裡守著。最好先不要知會鄰居，要是線索被破壞就不好了。」

註4／疊為計算榻榻米的單位，兩疊約為一坪。

他命令似地留下這些話，朝百餘尺外的公用電話飛奔。

平時老愛高談闊論些犯罪啦、偵探啦的話題，與人議論時講得頭頭是道的我，其實是第一次親眼目睹這種場面，根本不知該如何是好，只能睜大眼睛在屋內東張西望。

這個六疊大的房間沒有隔間，往屋子後方望去，右半邊是一條狹窄的簷廊，再過去是十二尺見方左右的庭院和廁所，院子另一頭是一道矮木板牆——因為夏天天氣熱，門都沒關，所以一眼就能直望後院——左半邊有扇門，門後是兩疊大的木頭地板房間，此外也看得見後門旁的狹小浴室。後門是一扇下方兩尺是木板、上方貼著和紙的拉門，現在是關上的。面對後門的右手邊有四片紙門，打開之後大概是通往二樓的樓梯和壁櫥。整體來說，是一般簡陋長屋常見的格局。屍體靠著左側牆壁，頭部朝店面方向倒下。我一方面為了盡可能不破壞案發當時的現場狀況，一方面也是感到害怕，怎麼也不敢靠近屍體。不過，房間就是這麼小，就算不想看，目光也自然會朝屍體望去。女人身上漩渦圖案的浴衣凌亂，幾乎是以仰躺的方式倒在地上。然而，除了衣服捲到膝蓋上方、露出光裸的腿之外，看不出有抵抗過的樣子。雖然我不是很懂，但脖子上發紫的痕跡，似乎是遭勒斃時留下的勒痕。

外面的大馬路上人來人往，聽得見行人高聲談笑的聲音、踩著晴天木屐喀噠喀噠走路的聲音、喝醉酒的人扯著嗓門唱流行歌的聲音……儼然天下太平。然而，就在只隔著一層拉門的屋內，有個女人慘死在地上，這是多麼諷刺。我懷著一股說不出所以然的心情，茫然地站在原地。

「警方馬上就到。」

明智氣喘吁吁地回來了。

「喔，這樣啊。」

我連要開口說話都費了一番功夫。好長一段時間，我和明智只是面面相覷，誰也沒有說什麼。

不久，一名穿制服的警官和一名穿西裝的男子聯袂來到。後來我才知道，穿制服的是K警署的司法主任，另一個人則從其表情和攜帶的東西判斷，應該是同個警署的法醫。我們從頭向司法主任說了一次事情的梗概，我並補充道：

「這位明智老弟到喫茶店的時候，我恰好看了時鐘，時間是八點半。因此，推測店內的木格柵門被關上的時間約莫是八點左右。當時屋內的電燈確實是亮著的。由此可知，至少到八點左右，屋裡應該還有活人。」

司法主任邊聽我們陳述，邊記在筆記本上。這段時間裡，法醫也將屍體大致檢查了一遍，站在一旁等我們說完才道：

「死因是絞殺，應該是直接用手勒斃的。請看這個，發紫的地方就是指印。還有，這個出血的部位是指甲造成的。看得出拇指的指印在頸部右側，所以是右手。對了，距離死亡時間應該尚未超過一小時，不過，確定已經回天乏術。」

「看來凶手是從上方壓住她的脖子，勒斃死者。」司法主任思索著說。「問題是，從被害人身上看不出反抗過的痕跡……恐怕凶手動手的速度很快，力量又很大。」

接著他轉向我們，詢問這個家的主人怎麼了。不用說，我們當然不知道。這時，明智靈機一動，找了隔壁鐘錶行的老闆過來。

司法主任和鐘錶行老闆之間的問答大概是這樣子：

「這個家的主人上哪去了？」

「這家店的老闆，每天晚上都會去舊書夜市擺攤，不到十二點不會回來。」

「哪裡的夜市？」

「聽說他常去的地方是上野廣小路，但今晚究竟去了哪裡，我也不甚清楚。」

「一小時前，你有沒有聽到什麼奇怪的聲音？」

「奇怪的聲音是指……？」

「這還用問嗎？這女人被殺害時的慘叫聲，或打鬥聲之類的。」

「並沒有聽見那樣的聲音。」

談話之間，附近的人聽到風聲聚集過來，加上路過看熱鬧的人，把舊書店的店面擠得水洩不通。其中，與鐘錶行相反邊的鄰居，賣足袋的老闆娘來為鐘錶行老闆作證，說她也沒聽見什麼可疑的聲音。

同一時間，鄰居們商量著派出一名代表，似乎是要去把舊書店老闆找回來。

這時，我聽見一輛汽車停在店門口的聲音，接著，幾個人大搖大擺地走進來。據說是接到警方緊急通知而趕來的檢方人員，以及碰巧同時抵達的K警察署署長，再加上一個當時以名偵探稱號聞名的小林刑警——這些我都是後來才聽人家說的。其實，我有個朋友是司法記者，和負責這起事件的小林刑警相熟，日後我從他那裡打聽了不少事。先前抵達的司法主任對這些剛到的人說明了目前的狀況，結果，我們又得從頭陳述一次事情的始末。

「把大門關上吧。」

突然，一個穿黑色羊駝毛料西裝與白色長褲、看起來像小職員的男人大聲吼著，手腳俐落地關上門。這人就是小林刑警。他先趕走了看熱鬧的群眾，才開始調查現場。小林刑警的態度旁若無人，一副連檢察官和警察署署長都沒放在眼裡的模樣。由於他從頭到尾都是單獨進行的緣故，其他人只能旁觀他敏捷的行動，好像只是來觀摩似的。他做的第一件事是調查屍體，尤其特別仔細檢查頸部。

「這指印看不出特徵，換句話說，只知道是普通人用右手壓住頸部造成的指印，除此之外沒有其他線索。」

他對檢察官這麼說。接著他說想脫光屍體的衣服檢查，於是，如同議會裡舉行祕密會議時那樣，身為旁觀者的我們全被趕到店門外。因此，那段期間他有什麼發現我就不得而知，只能推測他一定也注意到被害者身上有許多新傷，就像喫茶店女服務生說的那樣。

很快地，店內的祕密會議結束了，但我們也不方便再進入裡間，只能拘謹地從店後方鋪著榻榻米的地方往裡間窺看。幸運的是，因為我們不但是事件的第一發現者，警方又必須採集明智的指紋，所以直到最後都沒將我們趕出去。不，或許說我們是被迫留下來還比較貼切。話說回來，小林刑警的調查並非只限於裡間，而是屋裡、屋外大範圍地調查，只待在一個地方等待的我們，自然無法得知搜查的狀況。幸而檢察官們坐鎮在裡間，從頭到尾沒移動，而刑警每進出一次，便會將搜查結果一一向他們報告，因而我和明智也就一字不漏地全聽見了。檢察官們則根據那些報告內容，將調查資料記錄下來。

首先，關於屍體所在的裡間搜查結果，小林刑警似乎沒有找到嫌犯遺留的物品、足跡或其他引起他注意的東西。只除了一件事。

「電燈開關上有指紋。」

在黑色硬膠開關上撒了白色粉末的刑警說。

「考量事件的前後始末，關燈的應該是凶手無誤。可是，開燈的是你們兩人中的其中一位吧？」

明智告訴刑警，是他開的燈。

「這樣啊，等一下讓我們採集你的指紋比對。不要碰這個電燈，直接取下來帶走。」

接著刑警走上二樓，好一會兒沒有下來，一下來又說要去調查後門外的巷子，很快就離去。不到十分鐘，他一手拿著還未關上的手電筒，帶著一個男人回來。那是個身穿髒兮兮的汗衫與卡其色褲子，年約四十出頭的男人。

「腳印方面完全沒有收穫。」刑警如此報告。「後門附近採光很差，地面非常濕滑，留下一堆亂七八糟的木屐印子，實在辨識不出什麼。至於這個男人嘛……」他指著剛才帶回來的男人。「他是在出了巷弄之後轉角處擺攤賣冰淇淋，如果凶手從後門逃逸，因為巷弄只有一個出口，一定會被他看見才是。我再問你一次，你回答給大家聽。」

於是，刑警與賣冰淇淋的男人開始一問一答。

「今晚八點前後，有人從巷口離開嗎？」

「一個人也沒有。打從天黑之後，連一隻小貓也沒經過。」賣冰淇淋的男人回答得有條有理。「我在這兒擺攤很久了，這間舊書店的老闆娘晚上幾乎不走那裡回家。畢竟路滑不好走，天色又暗。」

「跟你買冰淇淋的客人，有誰走進巷子裡嗎？」

「也沒有。大家都在我面前把冰淇淋吃完就走了。這點肯定不會有錯的。」

如果這個賣冰淇淋的男人證詞可信，就算凶手真從後門逃走，也一定不是從後門外唯一通路的這條巷弄離開。話雖如此，他同樣不是從大門口離開的，因為在白梅軒的我和明智始終盯著舊書店，這點也肯定不會錯。這麼說來，凶手到底從何逃逸了呢？按照小林刑警的說法，凶手可能是潛入巷弄兩側某戶人家的長屋裡，或者根本就是住在附近的人家，只有這兩種可能性。從二樓爬上屋頂逃脫雖然也是一個辦法，但調查了二樓之後，發現面朝馬路的窗戶裝有窗欄，關得緊緊的沒動過；至於面朝後巷的窗戶，因為天氣炎熱的緣故，附近人家的二樓窗戶全都敞開著，不少人就在陽台上乘涼，想從那邊逃走而不被看見並不容易。

至此，現場辦案人員針對搜查方針展開討論，最後決定分頭調查附近所有人家。話是這麼說，這附近的長屋前前後後加起來也只有十一棟，查起來並不麻煩。同時，員警們再次把這屋子從簷廊下到天花板上統統徹底翻查了一遍。然而，結果不但依然沒有任何收穫，反而把案情推向更複雜的境地。不查不知道，原來與舊書店有一店之隔的甜點店老闆，從日暮時分到剛才，一直坐在屋頂上的晾衣場吹尺八，而且從頭到尾都坐在能將舊書店二樓窗戶盡收眼底的地方。

各位讀者，這起案子愈來愈有意思了。凶手究竟從哪裡進來？又是從哪裡逃脫的呢？不是後門，也不是二樓窗戶，當然更不會是前門。難道打從一開始就沒有這個人，或是犯案後化作一陣輕煙消失？令人想不透的還不只這樣。小林刑警帶了兩個學生到檢察官面前，他們做出匪夷所思的證詞。這兩人是在附近租屋的某工業學校學生，看起來都不像是會信口開河的孩子，即使如此，他們的陳述卻令這起事件變得愈來愈離奇難解。

在檢察官的質問下，他們的回答大概分別是下面這樣子：

「我正好八點時走進舊書店，翻看放在那張桌子上的雜誌。那時，我聽見裡間傳出碰撞聲，不經意地抬頭往拉門的方向望去。拉門雖是關著的，上面的木格卻開著，我從木格縫隙間看見了一個男人。然而，我看見他時，木格也幾乎同時關上了，所以看得並不清楚，只是從腰帶看來，那確實是個男人。」

「除了知道是個男人以外，你還有沒有注意到別的？像是身高、衣服的圖案等等。」

「我看到的只有腰部以下，因此不知道身高。男人的衣服是黑色，也可能有很細的條紋圖案或是有織紋的布料，總之我看來是黑色的。」

「我和這位朋友一起在舊書店裡看書。」另一個學生說。「也同樣聽到碰撞的聲音，並看到木格被闔上。可是，我確定那男人穿著白色衣服。沒有任何條紋或圖案，就是偏白色的衣服。」

「這不是很奇怪嗎？你們兩人一定有誰搞錯了。」

「我絕對沒有搞錯。」

「我也沒有說謊。」

這兩名學生奇妙的陳述意味著什麼，敏感的讀者或許已經察覺了。其實，我也察覺了。只是檢察官和警方的人，似乎對這一點沒有進一步思考的意思。

又過了不久，舊書店的老闆，也就是死者丈夫接獲消息趕回來了。他是個纖細年輕的男人，一看就是舊書店老闆的樣子。看到老闆娘的屍體，或許和天生懦弱也有關係，縱然沒有放聲大哭，仍是止不住地落下眼淚。等到他的心情平復一些，小林刑警才開始問訊，檢察官也不時從旁插入。然而，令他們失望的是，舊書店老闆全然想不出誰有可能是凶手，他哭著說：「不記得我們曾做過任何與人結怨的事。」另外，檢警也對老闆本人做了種種調查，證實他當天確實去擺攤賣舊書。針對老闆與老闆娘的身世進行各種調查的結果，也未找到任何可疑之處。那些事和這個故事沒有太大關係，在此略過不提。最後，刑警問老闆，死者身上有許多新傷是怎麼回事。老闆猶豫了很久，好不容易才說那是死者自己弄出來的傷。然而，關於理由卻怎麼問都說不清楚，也無法給個肯定的答案。只是，既然證實他那天一直待在夜市擺攤，就算死者身上的傷痕是虐待造成的，他也沒有殺人嫌疑。刑警一定也是這麼想，所以未深入追究。

就這樣，當天晚上的調查就此暫告一段落。警方要我們留下姓名住址，並採了明智的指紋。我們踏上歸途時，已是半夜一點多。

假設警方的搜查沒有遺漏，證人們也沒有胡說，這起事件著實難以解釋。不只如此，據我後來得知的消息，翌日起小林刑警又針對各項事證做了種種調查，但全都徒勞無功，案情仍停留在事件發生當晚，一點新進展也沒有。證人們都是足以採信的正經人，十一棟長屋的居民也毫無疑點。另外，前往被害人故鄉著手調查的結果，一樣沒有任何可疑之處。至少，在小林刑警——前面也說過，他是當時有名的名偵探——全力調查下，依然只能為這起事件做出全然無法解釋的結論。還有一點是我後來聽說的，那個被小林刑警寄予厚望、唯一帶回調查的電燈開關上，除了明智的指紋之外別無其他發現。或許明智當時也是一陣手忙腳亂吧，殘留在開關上的大量指紋全都屬於他的。小林刑警的判斷是，凶手的指紋或許被明智的指紋蓋掉了。

各位讀者，讀著這個故事的你們，是否也聯想到愛倫坡的《莫爾格街凶殺案》或柯南道爾的《花斑帶探案》呢？換句話說，你們可能猜想凶手或許不是人，而是紅毛猩猩或印度毒蛇之類的動物。其實我也這樣想過。然而，我既不認為東京的D坂附近會有那些動物出沒，最要緊的一點是，已有證人從木格縫隙間看到裡間有男人。如果真是猿猴類，也不可能不留下腳印或沒被人看見。另外，死者脖子上留有指印，那毫無疑問是人類留下的，若是被蛇纏繞窒息而死，不可能留下那樣的痕跡。

這些暫且放到一邊，那天晚上，我和明智在歸途中非常興奮地討論了許多。舉例來說，大概就像下面這樣。

「你知道愛倫坡的《莫爾格街凶殺案》和卡斯頓勒胡的《黃色房間的祕密》等故事的藍本，是發生在巴黎的羅斯迪拉科特事件嗎？那個發生在百餘年前的不可思議殺人事件，直到今天都沒能解開謎團。我現在就想起了那件事，今晚的事件與凶手不留痕跡的消失，都和那起事件有相似之處。」明智說。

「是啊，真是教人想不透。常聽人說日本建築裡不會出現外國偵探小說中那麼嚴重的犯罪，但我從來不這麼認為。現下不就發生了一起這樣的事件嗎？雖然不知道自己有沒有這份能耐，但還真想試著解開這起事件之謎。」我說。

我們在某條小巷前道別。當明智以招牌動作甩著肩膀快步離去時，身上那件浴衣醒目的條紋在黑暗中清楚浮現，不知為何，那身影深深烙印在我腦海中。

（下）推理

殺人事件發生約十天之後的某日，我造訪了明智小五郎的住處。這十天來，明智和我對這起事件做了什麼、想了什麼，又得出什麼結論呢？只要看這天我和他的對話，各位讀者就能充分明白。

在那之前，我和明智只在喫茶店見過面，這是我第一次造訪他的住處。不過，之前我已聽他說過住在何處，因此找尋起來並不費力。我停在一家香菸舖前，心想應該就是這裡，便問店裡的老闆娘認不認識明智。

「喔，他在啊。請等一下，我這就去叫他。」

說著，她走向站在店頭就能看見的樓梯口，大喊明智的名字。他大概是租在這棟房子的二樓吧。「喔～」一聲莫名的回應後，明智踩著吱嘎作響的樓梯下來，一見到我便露出驚訝的表情說：「嗨，上來吧。」

我跟著明智上到二樓，正想踏入房間時，不經意地抬頭一看，不由得大吃一驚。房裡的情形實在太異常。雖然早知道明智是個怪人，但這也未免太奇怪。

只見四疊半的榻榻米房間完全被書本填滿。除了正中央還看得見一點底下的榻榻米，剩下的空間全都擺滿一疊一疊小山似的書。書靠著四面牆與紙門，下方幾乎占據整面地板，愈往上愈窄，高度快到天花板。書本就這麼在四面八方築起一道堤防，除了書本之外房內沒有任何家具。我真想不通，他在這間房裡怎麼睡覺？別說如今主客兩人連坐的地方都沒有，真怕一不小心動作太大，那道書本築起的堤防會被碰得塌下來，把自己給壓死。

「屋裡這麼狹小真不好意思，而且沒有座墊。抱歉，請自己找軟一點的書來坐。」

我在書堆中分道而行，好不容易找到可以坐的地方。這光景實在太過驚人，我好一會兒只能茫然地環顧四周。

在此，我想或許有必要介紹一下這間奇妙房間的主人——明智小五郎。然而，我和他相識的時間並不長，他有什麼來歷、靠什麼維生、人生的目的又是什麼，我一概不了解，只知道他並未有固定職業，也可算是一種無業遊民吧。真要說的話就是個學者。只不過，即使是學者，也是個與眾不同的學者。忘了什麼時候他曾說過「我正在研究人」，當時我不明白這句話的意思，只知道他對犯罪和偵探的興趣非同一般，擁有這方面的豐富知識。

明智年齡與我相仿，還不到二十五歲，身材偏瘦。前面也提過，他走路時有個甩肩的怪毛病。各位可別將那想成什麼英雄豪傑的姿態，在此打個冷門的比方，他那種走路方式，總令我聯想到單手殘疾的說書人神田伯龍。提到伯龍，明智從長相到聲音都和他相像得不得了——沒見過伯龍的讀者，不妨想像一下認識的人中，是否有那種雖然稱不上是美男子，卻給人一股親近感，更長得一副天生聰穎的樣貌，像這樣的人就是了。不過，明智的頭髮留得更長，蓬亂糾結。他在與人說話時有個喜歡抓頭髮的毛病，老是把一頭亂髮搔得更蓬亂。他對服裝毫不講究，總是穿著一件棉質浴衣，腰間繫一條皺巴巴的兵兒帶。

「虧你找得到這裡。那之後一陣子不見，上次D坂那件事怎麼樣了？警方似乎還沒掌握嫌犯的身分吧。」

明智照例搔著他的頭髮，眼神直直盯著我。

「其實，我今天來是有點話想跟你說。」我邊猶豫著該怎麼開口，邊以這句話做為開場白。「在那之後，我試著做了各種設想。不只動腦筋想，也像偵探一樣實地做了調查。老實說，我靠自己得出一個結論。今天來就是想告訴你這個……」

「喔？這真不錯，仔細說給我聽吧。」

這時，他眼中閃過一絲好似了然於胸、夾雜輕蔑與安心的神色，我可沒有看漏。這反而激勵了我原本躊躇的心，一鼓作氣地說起來。

「我有個朋友是報社記者，和負責那起事件的小林刑警相熟。我透過那名記者，打聽到不少警方掌握的詳情，也得知警方似乎一直無法確立搜查方向。當然，他們已經做了各種努力，只是找不到任何可能的線索，就連做為證物的那個電燈開關也毫無斬獲——上面有的全是你的指紋，警方以為凶手的指紋大概被你的指紋蓋掉了。因為知道警方苦無進展，我更是發憤圖強地著手調查了一番。最後，我得到一個結論，你想是什麼？還有，你知道為什麼我在將結果告知警方之前，要先來找你嗎？

總而言之，在事件發生那天，我便已察覺一事。你應該也記得吧？關於可能是凶嫌的男人衣服的顏色，兩名男學生做出完全不同的證詞。一個人說是黑色，另一人說是白色。人類的眼睛再不可靠，把同一樣東西看成完全相反的兩種顏色，也未免太奇怪了。我不知道警方如何解釋這一點，但我認為，他們兩人的證詞都沒有錯。你知道嗎？那是因為凶手穿著黑白相間的衣服——換句話說，那是一件有黑色粗條紋的浴衣，旅店常免費提供給客人穿的那種。那麼，為什麼一個人看成全白，一個人看成全黑呢？這是因為，他們是從木格縫隙間看見的。就在那個瞬間，其中一人的視線角度正好只能看到縫隙間浴衣白色的部分，另一人的角度則剛好只能看到黑色條紋。這種巧合雖然罕見，但絕非不可能發生。以這個案子來說，除此之外沒有別的解釋。

不過，雖然知道凶手穿的是黑白條紋的衣服，也只能縮小搜查範圍，仍無法確定凶手是誰。第二個證據是電燈開關上的指紋。我靠著剛才提到的那位記者朋友的關係，仔細檢查了開關上的指紋——你的指紋。結果，終於證實我的猜測沒錯。對了，你有硯台嗎？可否借我一用。」

說到這裡，我在明智面前做了一個實驗。首先，借來硯台後，我用右手拇指沾上薄薄一層淡墨，將指紋捺在從懷中取出的宣紙上。接著，等指紋乾掉後，再用同一個指頭沾墨，在剛才的指紋上小心翼翼地捺下另一個方向不同的指紋。結果，相互交錯的兩個指紋都看得一清二楚。

「警方的解釋是，凶手的指紋被你的指紋蓋掉了。可是，從現在這個實驗即可得知，那是不可能的事。無論多用力按壓，指紋這種東西畢竟是由許多線條組成，還是能從線與線的縫隙之間，看到前一個指紋。唯有後來壓上的指紋和前一個指紋方向完全相同，連按壓方式都完全一樣時，指紋的線條才會重合一致，形成後一個指紋蓋掉前一個指紋的情形。可是，這是不可能的事；哪怕真是如此，在這個案例中結論依然不變。

問題來了，只要熄燈的人就是凶手，那麼指紋一定會留在開關上。我原先以為或許是警方沒注意到殘留在你指紋縫隙間的凶手指紋，所以自己試著調查，結果還是沒找到半點遺留的痕跡。換句話說，開關上確實從頭到尾只有你的指紋——為什麼舊書店的人沒有留下指紋，這個我不知道，或許那個房間的燈一直開著，從來沒有關上過也說不定（註5）。

你認為以上事實說明了什麼呢？我是這樣想的。一名身穿粗條紋浴衣的男人——那個男人可能是死者的青梅竹馬，行凶動機大概是因失戀而由愛生恨——他得知舊書店老闆晚上外出擺攤，趁機襲擊了女人。之所以沒有發出打鬥聲或留下反抗的跡象，正是因為凶手是女人熟悉的對象。行凶得逞後，男人為了延遲屍體被人發現的時間，特意關上電燈才離開。然而，此時男人犯了一個大錯。他不知道拉門上有木格的事，發現之後，在一驚之下關上木格時，恰巧被當時在店裡的兩個學生看見了。接著，男人離開後才忽然想起，自己關燈時肯定在開關上留下了指紋。指紋不擦掉不行，用同樣的方式再次潛入屋內卻太危險。這時，男人想到一條妙計，那就是——假裝自己是殺人事件的第一發現者。如此一來，不僅可理所當然地親手開燈，避免之前沾上的指紋遭到懷疑，更何況，誰會想到第一發現者正是凶手本人

註5／這篇小說寫於大正時代，當時民眾家中沒有安裝電錶的小電燈，都在白天由電燈公司統一操作變電所的開關熄燈。

呢？簡直是一箭雙鵰。就這樣，凶手一副若無其事的樣子在場旁觀警方查案的手法，甚至大膽提供證詞。結果，一切正中他的下懷，五天過了、十天過了，沒有一個人來逮捕他。」

明智小五郎帶著什麼樣的表情聽我這番話呢？在我的預料中，他或許會在聽到一半時臉色大變，或是急著插話。出乎意料的是，他始終面無表情，這使我驚訝不已。儘管他平常就是個喜怒不形於色的人，但此時的表現未免太不在乎。從頭到尾，他只是搔著那頭蓬亂的頭髮，默默聽我說。我邊心想「多麼厚顏無恥的男人啊」，邊做出最後的結論。

「你一定會反問，那凶手又是從哪裡進去，又從哪裡逃脫的呢？的確，只要不查明這兩點，一切還是無法水落石出。遺憾的是，我連這點也想通了。那天晚上，搜查結果完全沒有發現凶手離開的行跡。問題是，只要在那裡殺了人，凶手就必定曾進出那家舊書店，因此，唯一的可能是刑警們搜查不周。警方雖然很努力，不幸的是，他們的推理能力還比不上我這個年輕人。

答案很簡單，說起來一點也不特別。我是這麼想的：在警方的嚴密調查下，相信附近的居民確實毫無嫌疑。這麼一來，凶手一定是用一種即使被人看到，對方也不會認為他是凶手的方式逃脫。因此，即使遭人目擊也不成問題。換句話說，凶手可能是利用了人們注意力的盲點——就像視覺有盲點，注意力也有盲點——宛如魔術師在眾目睽睽之下藏起大型物件一般，把自己給隱藏起來。在此，我注意到的是與舊書店有一戶之隔的旭屋蕎麥麵店。」

舊書店的右邊是鐘錶行，再過去是甜點店，左邊則依序是足袋店和蕎麥麵店。

「於是，我實際去了一趟蕎麥麵店，詢問事件發生當晚八點左右，是否有男人前來借用洗手間。你應該知道那間旭屋吧，進了店門穿過店面就能直接走到店後方的木門，打開木門就是廁所。只要裝成借用廁所的樣子，從後門離開再從後門回來，是輕而易舉的事。因為賣冰淇淋的攤子擺在出了巷弄後的轉角處，所以也不會被他看見，而跟蕎麥麵店借廁所又是很自然的事。一問之下，當晚老闆娘不在，店裡只有老闆一個人，簡直是天時地利人和。你一定也認為這是個好主意吧。

我的調查證實了當時真有人來借用洗手間。可惜的是，對方的長相如何，是否穿著粗條紋的浴衣，旭屋老闆說他一點也不記得了。我立刻透過那個記者朋友，知會了小林刑警這件事。刑警雖也親自到蕎麥麵店調查一番，但未聽說有更多收穫……」

說到這裡，我稍微停頓，好讓明智有機會發言。站在他的立場，現在不說句話是不行的。沒想到，他竟依然故我，裝模作樣地搔著那頭亂髮。為了尊重他，在這之前我一直使用間接的表達方式，至此不得不把話挑明了說。

「明智老弟，你明白我的意思吧。鐵一般的證據直指你就是凶手啊。老實說，我心裡還是不想懷疑你，只是證據確鑿，實在沒有辦法……我曾想過，或許長屋住戶中，也有其他人持有粗條紋的浴衣，但費了千辛萬苦調查，卻是一個人也沒有。不過這不奇怪，和那木格柵門上的木條一樣粗的條紋相當醒目，會穿這種衣服的人本就罕見。再說，無論是在指紋上玩的把戲，還是借用洗手間的詭計，說來都相當巧妙，如果不是你這種程度的犯罪學家，一般人可無法輕易完成。還有，最奇怪的一點是，你和死者明明是青梅竹馬的關係，那天晚上警方調查老闆娘身世時，你卻在旁聽著，什麼都沒有說。

到了這個地步，唯一能證明你無罪的就是不在場證明。可是，就連這條路也是死路。你還記得嗎？那天晚上我在歸途中問你，去白梅軒之前上哪幹了些什麼。你回答我，在附近散步了一小時。假設真有人目擊你在附近散步，散步途中向蕎麥麵店借廁所也是常有的事。明智老弟，我有說錯嗎？怎麼樣？讓我聽聽你的辯解吧。」

各位讀者，你們知道明智小五郎在我的逼問下做了什麼嗎？你們以為他會慚愧地低頭認罪嗎？錯了，他的表現出乎意料，反倒令我驚慌失措。因為，他竟然咯咯笑了起來。

「哎呀，失敬失敬，我本來不想笑的，實在是因為你太認真了。」明智如此推託。「你的想法確實有趣，能交到你這個朋友我很開心。可惜的是，你的推理太過表面又太重物質層面。舉例來說，關於我和死者的關係。你知道我們屬於哪一種青梅竹馬嗎？可曾調查過我們內在的心理狀態？我和她過去有過戀愛關係嗎？我現在恨她嗎？這些事你都不知道吧？那天晚上，我為什麼沒有告訴警方自己認識她，道理很簡單，因為我對她的認識粗淺，根本沒有說出來參考的價值。我們還沒上小學就分別了啊。」

「那麼，指紋的事又怎麼說？」

「你以為那天之後我什麼都沒做嗎？我也調查了不少，每天都在D坂四處遊走呢。特別是那間舊書店，之後我又去了好幾次，只要老闆一有空，就抓著他問東問西——為了方便打聽消息，也在那時和他說了自己與老闆娘是舊識的事——如同你從報社記者那裡打聽警方的偵辦進度，我也從舊書店老闆那裡打聽了許多。剛才提到指紋那件事，等一下你就會知道原因了。我也覺得奇怪，所以調查了一番。哈哈哈，說來好笑，燈會熄滅是因為燈泡絲斷了，根本不是誰關的。以為是我按了開關才點亮燈，這也是錯的，是因為我們當時碰到燈泡，斷掉的鎢絲因此接了起來（註6）。因此，開關上只有我的指紋是理所當然的事。你說那天晚上曾從木格縫隙間看到屋內亮著燈，如此說來，燈泡絲就是在那之後斷的。就算什麼也不做，

註6／當時的電燈泡中，細鎢絲的綁法類似鼓繩，即使斷了，也可能因碰觸而重新接上。

老舊的燈泡鎢絲也會像這樣突然斷開。至於凶手衣服的顏色，與其聽我說明……」

說著，他在身邊的書山裡東翻西找，挖出一本老舊的西洋書。

「你讀過這本書嗎？這是閔斯特堡的《心理學與犯罪》，請你讀一讀〈錯覺〉這章的前十行。」

聽到他這番充滿自信的解說，我逐漸開始意識到自己的錯誤，於是乖乖接過書讀了起來。簡單來說，書裡寫著這樣的內容：

過去曾發生一起汽車犯罪事件。在法庭上宣誓絕無作偽證的證人之一，堅持發生問題的那條道路完全乾燥，塵煙瀰漫。另一名證人則說剛下過雨，道路泥濘不堪。一個人說疑似肇事的車輛開得很慢，另一人卻說從沒看過開得那麼快的車。此外，前者說那條路上只有兩、三個人，後者卻說路上有不少行人，有男有女還有小孩。這兩位證人都是德高望重的紳士，既不可能曲解事實，也和事件沒有任何利害關係。

等我讀完，明智繼續翻著書頁說：

「這是實際上發生過的事。這次是〈證人的記憶〉這一章，中段部分寫著關於計劃實驗的事吧？正好也提到服裝的顏色。雖然有點麻煩，還請你稍微讀讀看。」

於是，我讀了下面這段記述：

（前略）舉例來說，前年（這本書於一九一一年出版）在哥廷根舉辦了一場集合法學家、心理學家及物理學家的學術聚會，可以說與會者皆是熟習縝密觀察的人們。當時，鎮上布置成正在舉行熱鬧的嘉年華會。在這場學術聚會進行到一半時，門突然打開，一名奇裝異服的小丑發瘋似地衝進來，仔細一看，小丑身後還有一個黑人拿著手槍追趕他，兩人對彼此叫囂著可怕的話語，不久，小丑「碰」一聲倒在地上，黑人則撲在他身上，然後便是一聲槍響。此時，兩人立刻像什麼都沒發生過似地離開了。整件事從發生到結束，不到二十秒的時間。人們當然受到相當程度的驚嚇，除了會議主席之外，沒有一個人知道小丑和黑人的言行舉止都經過事先排練，也不知道這一幕已被攝影機拍下。而後，主席表示這件事總有一天會鬧上法庭，要求與會者各自寫下事件的正確紀錄，一切看似理所當然。（中略，這一段以百分比來表示他們紀錄的錯誤程度。）黑人頭上什麼都沒戴，但四十個人當中只有四個人寫對了，其他人中，有人寫下黑人頭戴費多拉帽，還有人寫他戴的是絲質禮帽。至於衣服的顏色，有人說是紅色、有人說是茶色、有人說是條紋，也有人說是咖啡色，爭相為他創造各種衣服的顏色。然而，黑人實際上穿的是白褲子和黑上衣，繫著一條大大的紅領帶（後略）。

「聰明的閔斯特堡說對了。」明智開口。「人類的觀察力和記憶力一點也不可靠。從這個例子即可得知，即使是學者也無法正確分辨衣服的顏色。我認為那天晚上，是那兩個學生都記錯了衣服的顏色，難道這想法會很牽強嗎？他們或許真的看見了某人，但是那個人並未穿著粗條紋的浴衣，當然更不可能是我。你認為他們在木條的遮擋下看到不同顏色，這個著眼點的確很有意思，可惜太過一廂情願。至少，你寧可相信這種偶然的巧合，也不願相信我是清白的。最後是關於向蕎麥麵店借洗手間的男人，這一點我的想法和你一樣。除了旭屋之外，凶手沒有第二條路可以逃脫。所以，我也去那邊調查了，可惜的是，我最後得出與你相反的結論。實際上根本沒有那個去借洗手間的男人。」

想必讀者們也已經察覺了吧，明智這番話推翻了證人的證詞，也推翻了凶手的指紋，甚至推翻了凶手逃脫的路徑。他雖然證明自己的清白，卻沒有否定犯罪確實發生過。他到底在想什麼，我一點也搞不懂。

「所以？凶手是誰，你已經心裡有數了嗎？」

「我已心裡有數。」他搔著頭髮回答。「我的做法和你稍有不同。只憑物證，要怎麼解釋都行。最好的偵探，必須能從心理層面看穿人心深處的幽微。不過，這是偵探自身能力的問題。總之，這次我特別著重心理層面。

首先引起我注意的，是舊書店老闆娘滿身的新傷。過了不久，我打聽到蕎麥麵店老闆娘身上也有同樣的傷。這件事你也知道對吧？然而，她們的丈夫都不像是會使用暴力的人。無論是舊書店還是蕎麥麵店的老闆，都是外表穩重又明事理的男人。我不得不懷疑這當中有什麼不可告人的祕密。於是，我先去找舊書店老闆，想從他口中打探出這個祕密。知道我與死去的老闆娘是舊識後，他便對我放下幾分警戒，事情進行得輕鬆了一點。結果，我成功問出某件異常的事實。麻煩的是蕎麥麵店的老闆，別看他那樣，口風還挺緊的，要從他口中打聽消息可不是一件容易的事。不過，我用了某種方法，最終還是成功了。

你知道心理學上的聯想診斷法已經被應用在犯罪搜查上了嗎？方法是透過許多簡單的詞彙給予刺激，從中觀察嫌疑人聯想速度的快慢，據此做出結論。不過，我用的方法和心理學家不一樣，不只說些狗啊、家啊、河川之類的簡單詞彙，也沒必要用精密計時器當輔助工具。對熟知聯想診斷法訣竅的人來說，那種形式上的做法並非必要。證據就是，昔日被稱為名判官或名偵探的那些人。在他們的時代，心理學並不如今日發達，他們卻天生就懂得採用符合心理學的方法。毫無疑問的，大岡越前守（註7）就是其中一人。小說中也有類似的例子，在愛倫坡《莫爾格街凶殺案》的開頭，偵探杜賓光從朋友的一個動作就能說中對方心裡正在想的事。柯南道爾也模仿過一樣的寫法，在《住院病人》這本書中，安排福爾摩斯做出這種推理。以某種意義來說，這些都是聯想診斷法的例子。心理學上種種機械性的方法，只不過是為了沒有天賦洞察力的凡人存在。話題扯遠了，總之，我對蕎麥店老闆說了許多話，表面上全都是極為普通的閒聊，真正的目的是藉此研究他的心理反應。不過，這是非常敏感的心理問題，而且說來相當複雜，哪天有時間我再詳細說明吧。以結果來說，我從中得到了確信。換句話說，我找到凶手了。

話雖如此，我手中沒有任何一項物證。所以，我也沒有知會警方。就算知會了警方，恐怕也找不到任何證據吧。再者，我明知凶手是誰，卻仍選擇袖手旁觀的另外一個原因，是這樁犯罪中沒有一絲惡意之故。這話聽來古怪，但殺人事件是在凶手徵得被害人同意下發生的。不，說不定是被害人自己要求的也說不定。」

我在腦中嘗試各種想像，卻依然不明白他想說什麼。我忘記自己推理失敗的事，專注傾聽他那番奇妙的推理。

「以下是我的想法。殺人者應該是旭屋的老闆。他為了隱瞞罪行，才會捏造有男人上門借廁所的證詞。不，那根本不是他捏造的證詞，是我們的錯。要不是你我向他打聽是否有這麼一個男人，他也不會撒這個謊，這個謊言等於是我們教唆的。更何況，他似乎將我們誤認為刑警。那麼，他為什麼會犯下這樁殺人罪呢……我總覺得這起事件所呈現的是：表面上看似平淡無奇的人生，背後隱藏著意外悽慘的祕密。真是只有在惡夢中的世界才能看見這種東西啊。

從性虐戀的觀點來看，旭屋的老闆其實是個重度色情虐待狂。命運是何等地捉弄人啊，他在相隔一戶的鄰家，找到了一位女的馬索克（註8）。原來這位舊書店的老闆娘，是一位程度不遜於他的色情被虐狂。他們兩人在這類患者特有的巧妙技巧下，不被任何人發現地通姦了——現在你知道我說的同意殺人是怎麼回事了吧？直到最近，他們還只能從沒有這類性癖好的丈夫或妻子身上，勉強滿足自己病態的慾望，舊書店老闆娘和旭屋老闆娘身上同樣的新傷證明了這一點。但可想而知，那無法真正滿足他們兩人。不難想像，當他們從近在眼前的

註7／江戶時代中期的幕臣、大名，曾輔佐八代將軍德川吉宗推行「享保改革」，推動江戶的都市政策。
註8／有受虐傾向的奧地利作家，受虐癖（masochism）一詞便是來自他的名字。

鄰家找到自己渴求的對象時，是如何迅速地建立起默契。始料未及的是，命運的惡作劇過了頭。在虐人與被虐的力量共同作用下，瘋狂的行為變本加厲，終於在那天晚上發生那件他們絕不希望發生的事……」

我聽著明智異樣的結論，忍不住全身顫抖。這是怎樣的一起事件啊！

此時，樓下香菸舖的老闆娘送來晚報。明智接過報紙，打開社會版查看，不久，輕聲嘆了一口氣。

「唉，看來他終於承受不住，自首投案了。真是奇妙的巧合，正好就在我們談論這件事時看到這樣的報導。」

我朝他手指的地方望去，那是一篇小幅報導，以十行左右的文章記載了蕎麥麵店老闆自首的事。

屋頂裡的散步者

1

那應該算是精神病的一種吧。鄉田三郎這個人不管玩什麼、從事什麼職業或是做任何事，都覺得世間無趣。

畢業之後——說是上學，他一年出席課堂的次數寥寥可數——他一一嘗試了各種自己能做的工作，可是一直沒找到甘心為此奉獻一輩子的行業。或許這個世界上根本沒有能滿足他的職業。長則一年，短則一個月左右，他就這麼一個工作換過一個。最後，不知是否乾脆放棄了，現在的他已經不再謀職，名副其實地什麼都不做，每天過著百無聊賴的生活。

在玩樂方面也是一樣。從歌牌、撞球、網球、游泳、登山、圍棋、將棋到各種賭博，各種玩樂他都嘗試過，真要寫起來幾乎寫不完。他甚至買了一本叫做《娛樂百科全書》的書，按照書中的介紹一樣一樣嘗試。然而，和找工作時一樣，也總是找不到一個令他滿意的娛樂，往往以失望收場。不過，讀者朋友可能會說，世上不是還有「酒」與「色」這兩樣人類一輩子不會生厭的樂趣嗎？奇怪的是，鄉田三郎不知為何對這兩件事一點興趣也沒有。酒是體質的關係，他連一滴都不能喝；至於女人，他當然不是沒有這方面的慾望，也曾沉溺於美色好一陣子，然而要說是否能從中感受到活著的價值，那又另當別論。

「與其在這無趣的世間長命百歲，倒不如一死百了。」

到了這個地步，他連這個念頭都有過。不過，即使是這樣的他，看來還是有愛惜生命的本能，一直活到二十五歲的今天，儘管嘴上嚷嚷著「想死想死」，終究仍是活得好好的。

父母每個月都會寄來生活費，他就算沒有工作，日子也還過得下去。或許這令他有恃無恐，放心地過起隨心所欲的生活。他拿著這些錢，滿心想著至少要在生活裡弄出一點好玩的事。比方說，和頻繁更換工作、找樂子一樣，動不動就更換住所是他的習性之一。說得誇張一點，整個東京的寄宿公寓，恐怕沒有他沒住過的吧。每搬到一個新住處，他僅住上十天半個月就想換地方。當然，鄉田三郎也曾在從一個住處換到另一個住處的空檔四處流浪旅行，甚至像仙人一樣躲進深山裡。不過，住慣了大都會的他，在冷清的鄉下更是待不長久，才踏上旅程不久，又在不知不覺中受到都會燈火與雜沓的吸引，最後還是回到東京。不用說，他每次回來當然又會換個住處。

這回，他搬進的是一處叫做東榮館的寄宿公寓，因為才剛蓋好，連牆壁似乎都還沒乾透。在這裡，他發現了一個美好的新嗜好，而這一篇故事的主題，就是與這個新嗜好相關的殺人事件。

在進入正題之前，必須先提一提主角鄉田三郎和業餘偵探明智小五郎如何結識，並說明一下他是如何對過去從未發現的「犯罪」這件事感興趣。

兩人之所以結識，是因為碰巧同時去了某間咖啡廳，當時鄉田三郎的同行友人認識明智，便介紹兩人認識。當時，明智的睿智容貌、說話方式和舉手投足都深深吸引了鄉田，之後便經常去找他，有時明智也會到三郎的寄宿處遊玩。看在明智眼中，三郎那病態的性格或許饒富趣味（視為一種研究材料），而三郎最喜歡的，就是聽明智談論各種充滿魅力的犯罪事件。

比方說，殺害同事，將屍體丟進實驗室焚化爐燒成灰的維布斯特博士的故事；通曉多國語言，在語言學上有重大發現的尤金．埃拉姆犯下的殺人罪；人稱「保險狂魔」，同時也是優秀文學評論家的溫萊特的故事；取幼兒臀肉煎藥給養父治療痲瘋病的野口男三郎的故事；還有，娶了許多女人並將她們全部殺害，也就是所謂「藍鬍子」的蘭德爾及阿姆斯壯等人殘虐的犯罪。無聊到了極點的鄉田三郎從這些話題中獲得莫大喜悅，聽著明智滔滔不絕的敘述，那些犯罪故事宛如一幅幅充滿俗豔色彩的繪卷，帶著無止盡的魅力，栩栩如生地攤開在三郎眼前。

認識明智之後，有兩、三個月的時間，三郎幾乎忘了這個世間有多麼無趣。他買下各種與犯罪相關的書，日日埋首書堆。其中也有愛倫坡、霍夫曼、加博里歐等人的書，以及各種各樣的偵探推理小說。「哎呀，原來這世界上還有這麼有趣的事。」每當闔上書本最後一頁，三郎總會如此嘆息，同時，腦中浮現不該有的念頭，揣想自己也能像犯罪故事中的主角那樣玩著引人注目的毒辣遊戲。

不過，就算是三郎也不願意真正觸法成為罪人，更沒有勇氣為了沉溺逸樂而面對父母兄弟、親戚朋友的悲嘆與侮辱。再者，從那些書的內容看來，不管再怎麼巧妙的犯罪也必定有破綻，那些破綻經常成為洩漏罪行的線索。若想一輩子逃過警察的眼睛，除了極為少數的例外，幾乎可說是不可能的事。這是他唯一擔心的事。他的不幸在於對世間所有事物皆不感興趣，唯獨「犯罪」能讓他感到難以言喻的魅力。

當他將買來的書全都讀遍後，更進一步地模擬起「犯罪」行為。既然只是模擬，自然不必擔心刑罰。

比方說，他做了這些事：

他對早已失去興致的淺草再度燃起熱情。淺草的遊樂園就像把玩具箱裡的玩具撒了一地，再把各種濃烈的顏料擠在上面，對犯罪愛好者而言，沒有比那裡更棒的舞台。只要一到那裡，他就會走向電影院與電影院之間僅可勉強容一人通行的細窄暗巷，或是公廁後方那片教人意外原來淺草還有如此空曠之處的冷清空地。三郎對這些地方深深著迷。有時他會找一塊牆壁，幻想自己正與犯罪同夥通訊，以白粉畫上箭頭做為記號；有時看見貌似富人的行人，就幻想自己是扒手，尾隨對方走上好大一段路；有時又將寫了奇妙暗號的紙條——多半是關於可怕的殺人事件——塞進公園長椅的縫隙；有時會躲在樹下，暗自等待別人發現……另外有很多類似的遊戲，三郎總是一個人沉迷其中，樂此不疲。

他還曾多次喬裝打扮，從一個城鎮漫無目的地走至另一個城鎮，有時扮成勞工，有時扮成乞丐，有時扮成學生。在各式各樣的喬裝中，扮女裝最能滿足他病態的癖好。三郎為此不惜賣掉和服與手錶，用換來的錢買齊二手的女人衣物，慢慢花時間把自己打扮成喜歡的女人模樣。入夜之後，他在頭上蒙著外套，從寄宿處的大門離開，出了門便找個適當的地方脫掉外套，時而走進冷清的公園閒晃，時而溜進正要散場的電影院，故意混進男性座位（註9），對那裡的男人們做出一觸即發的挑逗。在服裝造成的某種錯覺下，三郎覺得自己彷彿成了妲妃阿百或蟒蛇阿由（註10）之類的毒婦，想像自己將男人玩弄於股掌間而暗自欣喜。

然而，這種模擬犯罪，雖然在某種程度上滿足他的慾望，有時也會引發有趣的事件，令他當下十分滿足，但說到底終究只是模擬，並無風險可言——依據某些見解，「犯罪」的魅力正來自其風險——既是缺乏風險的樂趣，也就無法永遠滿足他的慾望。不出三個月，三郎便漸漸脫離了這種嗜好，也與曾經那麼吸引他的明智漸行漸遠。

註９／日本大正末期的電影院座位是男女分開的。
註10／妲妃阿百和蟒蛇阿由都是江户時期人物，日後在歌舞伎等劇作中被塑造成毒婦角色。

2

各位讀者經由以上的介紹，大致明白鄉田三郎與明智小五郎的交情及三郎本身的犯罪癖好之後，差不多該言歸正傳，繼續講述鄉田三郎在東榮館這個全新落成的寄宿公寓裡發現了什麼樣的樂趣。

東榮館才剛蓋好，三郎就迫不及待地搬進去，成為第一個房客。當時距離他和明智來往的時期，已相隔超過一年之久。由此可知，此時的他早已對模擬「犯罪」失去興趣。話雖如此，他又還沒找到新的嗜好，過著枯燥乏味的每一天。剛搬進東榮館時，雖然也有緣結交新朋友，多少打發一些無聊的時間，但人類這種生物實在無趣到了極點，不管到哪裡，那些人不過是用相同的表情，懷著相同的思想，說著相同的話語，反覆發表各自的看法。難得換了新住處也認識了新朋友，但還不到一個星期，三郎又再次陷入無底洞般的倦怠之中。

就在移居東榮館大約十天時，無聊至極的他，忽然冒出一個奇怪的念頭。

在他的房裡——房間位於二樓——有個簡陋的壁龕，旁邊是個六尺寬的壁櫥，壁櫥的正中間有片堅固的層板，將壁櫥內部分隔為上下兩層。他將幾個行李放在壁櫥下層，上層則用來放棉被。此時他冒出的念頭是：與其每天把折好的棉被取出來鋪在房內使用，乾脆直接鋪在層板上，把層板當成床，想睡覺的時候只要爬進壁櫥上層即可。若是過去住的那些寄宿公寓，就算壁櫥裡也有同樣的層板，但因四壁髒汙不堪，或是天花板上結著蜘蛛網，根本不會想睡在裡面。然而，因為東榮館才剛落成，這裡的壁櫥非常乾淨，天花板亦是完全雪白，就連漆成黃色的平滑牆壁上也沒有任何汙漬斑點。此外，或許和層板的造型也有關係，整個壁櫥感覺就像船艙裡的臥鋪似的，對他發出不妨進去睡一晚的誘惑。

於是，他立刻從那天晚上開始睡在壁櫥中。這間公寓每個房間都能從內部上鎖，打掃的女侍等人無法擅自進入，他因而得以放心持續這詭異的行為。睡在壁櫥裡比想像中更為舒適。他疊起四條棉被，做成蓬鬆柔軟的床，躺在上面仰望近在兩尺上方的天花板，品嚐這有些異樣的滋味。壁櫥紙門關上後，還能看見從縫隙間透進的一絲燈光，總覺得自己彷彿偵探小說中的登場人物，令他心情愉悅。有時他會瞇起眼睛從壁櫥裡窺視自己的房間，想像小偷窺視他人房間的感覺，腦中浮現種種激情場面，這麼做也很有趣。或有幾次，他在大白天裡鑽進壁櫥，待在這個長邊六尺、短邊三尺的長方形盒子裡，邊吞雲吐霧地享受最愛的香菸，邊浸淫於無止盡的幻想中。這種時候，白煙從拉起的紙門縫隙飄出，不知情的人見狀，恐怕還以為發生火災呢。

這種詭異的行為持續兩、三天後，他又發現一件奇怪的事。喜新厭舊的他，到了第三天晚上，已經對壁櫥裡的床失去興趣，開始無所事事地在壁櫥裡的牆壁或伸手可及的天花板上亂塗鴉。此時，他不經意地發現頭頂一片天花板，不知是否當初忘記釘上釘子，竟然有些微鬆動。不明就裡的三郎試著往上推，似乎確實能朝上方推開。奇怪的是，一旦把手放開，明明只有一個地方釘著釘子的那塊天花板，就像裝了彈簧似地回到原位，彷彿上面有個人伸手壓住板子一般。

真奇怪，該不會這塊天花板上藏著什麼生物吧？比方說一條大錦蛇之類的。三郎忽然覺得有點可怕，可是就這麼逃出去也太可惜了，於是又伸手去推。這次，除了沉重的手感之外，每推一次天花板，就能聽見上方傳來像是某種物體滾動的低沉聲響。事情真是愈來愈奇怪，他終於忍不住試著用力推開天花板。瞬間，某樣東西在喀啦喀啦聲中落下。幸而倉促之間，三郎往旁邊一閃躲開了，否則他一定會被那樣東西砸成重傷。

「什麼嘛，真無聊。」

沒想到定睛一看，才發現那不是什麼特別的東西，原本抱持期待的他，不禁失望得目瞪口呆。那只是一顆比壓醃菜用的重石還小一點的普通石頭。仔細想想，這也沒什麼好奇怪，一定是為了在天花板裡安裝電燈電線，特地留了一片板子不釘死，又為了防止垃圾等髒東西掉進壁櫥，所以用石頭壓住。

簡直就像一齣荒唐的喜劇。不過，拜這齣喜劇之賜，鄉田三郎發現一項美妙的樂趣。

他對著頭上那個洞穴出入口般的天花板洞瞧了好一會兒，在天生好奇心的驅使下，忽然很想知道天花板裡是什麼模樣，便戰戰兢兢地把頭伸進洞裡左顧右盼。當時正好是早上，太陽照在屋頂，從四面八方的縫隙灑落細細的光線，宛如無數大大小小的探照燈，使屋頂裡的空間分外明亮。

首先看見的是一條橫在眼前的大梁，宛如大蛇般又粗又彎。雖然此刻屋頂裡還算明亮，但仍無法清楚瞧見遠方，加上建築物本身細長，梁木實際上應該也很長，另一頭感覺像是通往很遠很遠的地方，看不真切。另外，與這根大梁形成直角的無數梁木宛如大蛇的肋骨，沿著屋頂的斜度朝兩側突出。光是這一幕已相當壯觀，更別說為了支撐天花板，梁下連結著無數細長木棒，給人一種走進鐘乳石洞的錯覺。

「這太妙了。」

三郎環顧四周，忍不住低聲讚嘆。世上普通的興趣嗜好向來吸引不了病態的他，反而是看在常人眼中平凡無奇的此類事物，對他而言卻是充滿難以言喻的魅力。

從這天起，他開始了「屋頂裡的散步」。無論日夜，只要一有空閒，他就像隻賊貓般放輕腳步，沿著大小梁木四處走動。幸運的是，由於這棟房子剛蓋好不久，屋頂裡不但沒有一般常見的蜘蛛網，還連一點煤灰或塵埃也沒有，甚至沒有老鼠的蹤跡，因此完全不用擔心弄髒衣服和手腳。他脫得只剩一件襯衫，得意地在屋頂裡任意穿梭。時值春季，即使是屋頂裡也不會太冷或太熱。

3

東榮館的整體建築就是一棟常見的寄宿公寓，中央有中庭，房間圍著中庭建蓋形成「口」字形。因此，屋頂裡的通道也呈「口」字形，沒有哪裡是盡頭。他從自己房間的天花板上出發，繞一圈就能回到原本的房間上方。

下面的每個房間皆以密實的牆壁隔開，門上附有可栓緊的鎖，然而，一上到天花板，卻是毫無防備的開放式空間，想到誰的房間上方都是他的自由。有幾個房間和三郎的房間一樣，上方用石頭壓住一片鬆動的天花板，只要三郎有意，隨時可以潛入底下他人的房間偷東西。換作是走廊的話，剛才也說過，這是一棟「口」字形的建築，四面八方都可能有人看見，也不知道什麼時候會有住戶或女侍從走廊上經過，因此非常危險，相較之下，屋頂裡的通道絕對不用擔心這些。

此外，只要在這裡，還能任意從縫隙偷窺別人的祕密。儘管是新蓋的房子，為了省錢，寄宿公寓還是不乏偷工減料的地方，天花板上到處都是縫隙——待在房裡不容易發現，進入黑暗的屋頂裡，才訝異原來縫隙出乎意料地多——天花板上偶爾也有孔洞。

自從發現屋頂裡這個強韌的舞台後，鄉田三郎不知何時忘卻的犯罪癖好再次蠢蠢欲動地浮現。在這個舞台，一定能執行比之前更刺激的「模擬犯罪」。這麼一想，三郎就高興得難以自持。這麼有趣的地方就近在眼前，至今怎麼一直沒有發現？他像魔物般徘徊在黑暗世界，接二連三地窺伺東榮館二樓將近二十名房客的祕密。光是這樣，更令三郎獲得充分的喜悅，甚至久違地覺得活著真好。

為了讓「屋頂裡的散步」更有意思，他會先做好準備，不忘換上如同真正犯罪者般的裝扮——貼身的深茶色毛織衫和一樣材質的褲子（本來想穿上從前在電影裡看過的女賊普洛提亞那樣的黑色襯衫，可惜手邊沒有這樣的衣物，只好作罷。），並穿上足袋、戴上手套（雖然天花板內是粗糙的木材，幾乎不用擔心留下指紋。），再拿著手槍——雖然很想這麼做，但三郎沒有那種東西，便用手電筒代替。

深夜與白天不同，屋頂裡僅有微弱的光線。三郎在看不清前方的黑暗中，小心翼翼地不發出一絲聲音，趴在梁上匍匐前進。這種時候，總覺得自己彷彿變成一條蛇，不禁害怕了起來。不過，也不知道為什麼，愈是恐懼，他內心愈是歡喜。

他就這樣得意洋洋地持續了幾天「屋頂裡的散步」。在這段期間，發生了許多預料之外的開心事，光是記下這些事就能完成一篇頗有分量的小說。然而，這些事和故事主題沒有直接相關，雖然很遺憾，但只能擇兩、三件事簡單舉例。

從天花板縫隙往下偷窺是多麼異常的樂趣，不曾實際體驗的人恐怕難以想像。比方說，不管天花板下發生的事多麼奇特，因為相信不會有任何人看見，人們往往肆無忌憚地暴露本性，光是觀察這些人類的本性就夠有趣了。仔細觀察之後，三郎有些訝異地發現，有些人在人群中是一個樣，獨處時又是另一個樣，別說行為舉止，甚至連表情長相都像變了個人似的。還有，從屋頂裡看下去時，角度和平常的水平視線不同，由於只能從正上方窺看，連毫無特異之處的座墊都成了異樣的景色。人類的頭頂與肩膀、書櫃、書桌、衣櫥、火盆等等，呈現的都是由上往下看的那一面。此外，四周的牆壁幾乎看不見，相對地，所有物品的背景都是一整面的榻榻米。

就算沒有發生任何奇怪的事，基於這種情境，眼前展開的往往是一幕幕滑稽、悲慘或驚人的光景。舉例來說，那個平常總是慷慨激昂反對資本主義的上班族，在四下無人的時候，竟也會將剛收到的升職人事令反覆從手提包裡取出又收起來，三番兩次喜孜孜地盯著看，彷彿看也看不膩；那個總把高級和服當家常便服穿的炫富投機商人，在躺下來睡覺的時候，竟也會像個女人一樣，把白天穿得邋裡邋遢的和服折疊整齊，鋪在床褥下壓平，若是在衣服上發現汙漬，還會仔細地舔乾淨（據說和服上的小汙漬最好用嘴巴舔去）；那個據說是某大學棒球選手的青年，私底下一點也沒有身為運動員的勇氣，一下子把要給女侍的情書放在吃過晚飯的餐盤上，一下子又改變主意收回來，就這樣優柔寡斷地不斷重複；此外，也有人大膽地將疑似賣春婦的女人帶回屋內，做出種種不能寫在這裡的激情醜態。以上所有景象，三郎全都能肆無忌憚地觀看，愛看多久就看多久。

三郎也開始對房客間矛盾的交情感興趣。有人見人說人話，見鬼說鬼話；也有人剛才還笑著跟某人聊天，一旦各自回房又把對方罵成不共戴天的仇人；還有人像蝙蝠一樣不管到哪裡，滿嘴都是討好對方的話語，背地裡卻吐著舌頭露出真面目。這種情況出現在女房客身上就更為有趣了——東榮館二樓只有一個學畫的女學生。很顯然，她的男女關係連「三角」都不足以形容，而是錯綜複雜的五角、六角，競爭者們誰也摸不清她真正的心意，只有身為局外人的「屋頂裡的散步者」把一切看得雪亮。童話故事裡有件隱形簑衣，在天花板內漫步的三郎就像穿上了這件隱形簑衣。

如果能打開其他人的天花板，潛入屋內盡情惡作劇的話，一定會更加有趣，可惜三郎沒有這種勇氣。在東榮館二樓，大約每三間房就有一間像三郎的房間一樣，有片用石頭壓住的天花板，所以想要潛入底下的房間並非難事。可是，既不知道屋主什麼時候會回來，加上所有房間的窗戶都鑲有透明玻璃，有可能被外面的人看到。再者，必須先從天花板進入壁櫥，打開壁櫥紙門才能進入房間，回程則得先爬上壁櫥內的層板再爬回屋頂裡，難保這段期間不會發出驚動他人的聲音，若是被隔壁房客或走廊上的人聽見，一切就完蛋了。

某天深夜發生了這麼一件事。三郎「散步」一圈後，正沿著梁木爬回自己房間時，忽然不經意地發現，隔著中庭正對著自己房間的另一側，某個角落的天花板上有個之前沒發現的小縫隙。那是長約兩寸左右的雲狀縫隙，透出比絲線還細的光。好奇的他悄悄打開手電筒查看，原來是個相當大的木節，已有超過一半脫離木板，剩下的一半勉強連著木板，一不小心就可能掉下來，因而形成孔洞。三郎用手指輕輕摳了摳，感覺輕易就能摳下木節。他從其他縫隙往下看，確定房間主人已經睡著，於是邊小心不發出聲音，邊花了很長的時間，終於把木節摳下。幸運的是，摳下木節後，孔洞是呈上寬下窄的酒杯狀，只要把木節放回原位就不會掉下去，移開之後又成為一個大偷窺孔，誰也不會發現。

三郎邊讚嘆孔洞形狀的巧妙邊往下偷窺。若是其他細長狀的縫隙，從縫隙間望出去只有一分左右的寬度，視野受到限制；但這個孔洞即使是下方最窄的地方，直徑也超過一寸，因而可對整個房間一覽無遺。三郎忍不住改變回房的主意，觀賞起下面的房間。巧合的是，這個房間的主人是三郎在東榮館所有房客中最討厭的人。這個名叫遠藤的傢伙是齒科醫校的畢業生，目前正跟著某個牙醫當助手。遠藤讓人看了就討厭的平板臉孔躺在眼皮底下，看起來更加扁平。

這男人死板得很，房間整理得比任何一個房客都要整齊。書桌上文具的位置、書櫃裡書本的排列方式、棉被的鋪法、放在枕頭邊大概是舶來品的形狀罕見鬧鐘、漆器菸盒、彩色玻璃菸灰缸……所有東西都說明它們的主人是個特別愛乾淨的人。此外，遠藤本身的睡姿也很拘謹。唯一與這幅光景不相稱的，是他張大的嘴巴與如雷的鼾聲。

望著遠藤的睡臉，三郎皺起眉頭像看見什麼髒東西。遠藤的長相說好看是好看，或許正如他自己吹噓的，是張受女人歡迎的臉。可是，這張臉也太長了吧。濃密的頭髮、以長形臉來說比例過窄的美人尖、短眉毛、細長眼、彷彿永遠在笑的魚尾紋、太長的鼻子，還有大得誇張的嘴巴。三郎對這張嘴巴是怎麼看怎麼不順眼。上顎與下顎朝前方突出，擠得鼻子下方看不到人中，大張的嘴唇呈紫色，與蒼白的臉色形成奇異對比。遠藤或許患有肥厚性鼻炎，鼻子始終塞住，只能張開大嘴呼吸，如雷的鼾聲一定也是鼻炎造成的。

一直盯著遠藤的臉看，三郎開始感覺背部麻癢難耐，湧現一股想朝那張平板的臉孔猛揍一拳的心情。

4

盯著遠藤的臉看時，三郎腦中忽然浮現一個奇妙的念頭。如果朝孔洞吐口水，說不定會剛好落入遠藤口中，因為他的嘴巴彷彿特地安排似的，正好就在孔洞正下方。好奇心強烈的三郎抽出穿在衛生褲底下的短褲腰繩，沿著孔洞垂下，一隻眼睛湊上繩子，以瞄準準星的方式一看——真是不可思議的巧合，繩子、孔洞和遠藤的嘴巴正好在同一點上。換句話說，只要朝孔洞吐口水，肯定會落在遠藤嘴裡。

話說回來，總不可能真的朝他嘴裡吐口水，三郎把木節放回原位，正要離開時，一個可怕的念頭不經意地閃過腦海，使他情不自禁地在屋頂裡的黑暗中臉色發青、全身顫抖。與遠藤無怨無仇的他，竟然動了想殺死遠藤的念頭。

別說無怨無仇，三郎和遠藤相識才不到半個月。只因兩人湊巧在同一天搬進東榮館，出於這個緣分而拜訪過彼此房間兩、三次，除此之外並沒有深交。那麼，三郎又為什麼想殺害遠藤呢？正如剛才所說，三郎厭惡遠藤的長相和舉止，甚至想揍他一拳，這當然是原因之一。然而，主要的動機與遠藤是什麼人無關，只是出於三郎對殺人一事的興趣。前面也提過，三郎的精神狀態非常異常，又有病態的犯罪癖好，在種種犯罪行為中，殺人是他認為最有魅力的一種，今天他會產生這種念頭絕非偶然。只是至今他雖然不時湧現殺意，卻因恐懼犯罪行為曝光，一次也未曾實行過。

如今，三郎發現眼前遠藤的狀況可以讓自己完全不受懷疑，在不用擔心被人發現的狀態下殺人。只要自身安全，就算對方是個陌生人，三郎也會毫無顧慮地下手。倒不如說，殺人行為愈是殘虐，愈能滿足他異常的慾望。至於說到為何只有殺害遠藤不會被發現——至少三郎如此相信——和下面要說的這件事有關。

那是剛搬來東榮館四、五天時的事。三郎和一位相熟不久的房客一起去了附近的咖啡廳，後來遠藤也去了，三人便坐在一起喝酒（討厭喝酒的三郎喝的是咖啡）。等三人心情大好地回到寄宿公寓時，微醺的遠藤說「請到我房裡來吧」，硬是拉了兩人到他房間去。遠藤一個人高談闊論，夜深了也滿不在乎，還喚來女侍為大家泡茶，繼續他在咖啡廳裡的自吹自擂——三郎就是從那天晚上開始討厭遠藤的。當時，遠藤邊舔著充血發紅的嘴唇，邊得意洋洋地說：

「我曾一度想和那個女人殉情呢。當時還沒畢業，你們也知道我是醫學院的，輕易就能弄到藥物。你們聽我說，我準備了能讓我們死得輕鬆一點的嗎啡，兩人一起去了鹽原。」

說著，他踉踉蹌蹌地站起來，走到壁櫥前拉開紙門，從堆在裡面的行李底下，找出一個非常小，差不多只有小指般大的茶色瓶子，遞到其餘人面前。瓶子幾乎是空的，只在最底部看到一點白色的東西。

「就是這個。只要這麼一點點劑量，就足以令兩個人死亡……你們可千萬別把這件事跟別人說。」

後來他又綿延不絕地自吹自擂好久，只不過三郎現在不經意想起的只有毒藥的事。

「從天花板的孔中滴下毒藥殺人！這是多麼異想天開的主意，多麼出色的犯罪！」

這條妙計讓三郎高興得飛上天。其實只要仔細一想，就會發現這個方法雖然戲劇化，可行性卻非常低。再說，就算不用這麼大費周章，還是有其他更簡單的殺人方法。只可惜，為異常思想迷惑的他，已經沒有閒功夫想這麼多。如今的他，滿腦子想到的都是支持這項計畫的有利解釋。

首先必須偷出毒藥，這一點也不困難。只要去遠藤房間找他聊天，時間一長，他總會起身上廁所或因別的事情暫時離開，趁這時候從上次見到的行李中搜出那個茶色小瓶子即可。遠藤總不可能天天檢查行李，至少兩、三天內不會發現瓶子消失；就算真的發現，他取得毒藥的行為早已違法，事情肯定不會鬧開。再說，只要一切進行得順利，根本不可能想到是誰偷走的。

還是說，別用這個方法，改從天花板潛入遠藤房間偷取會更好？不，這太危險。正如前面所說，他既不知道房間主人何時會回來，又有被人從玻璃窗外看見的疑慮。最重要的是，遠藤的房間和三郎的不一樣，沒有那個用石頭壓住的通道，三郎不可能做出掀開釘死的天花板潛入房中這種危險的事。

毒藥到手之後，只要溶於水中，再滴進患有鼻炎而始終張大嘴巴睡覺的遠藤口中即可。唯一擔心的是無法讓他順利吞下，不過這也一定沒問題吧。為什麼這麼說呢？若用少量的藥調成濃稠的藥水，只需要幾滴就足夠了。人在熟睡的當下，肯定不會發現；就算發現，恐怕也來不及吐出來。還有，雖然三郎也知道嗎啡這種藥很苦，但是分量用得既少，又可以混入砂糖之類的東西，絕對萬無一失。毒藥從天花板上滴下這種事又有誰想像得到呢？倉促之中，遠藤更是不可能想到。

問題是，這藥到底有沒有效？以遠藤的體質來說，藥量是否太多或太少？會不會只造成痛苦卻無法真正殺死他？話說回來，即使以這樣的結果收場難免遺憾，三郎本身倒是不會有任何危險。畢竟孔洞可以照原樣堵住，天花板裡也還沒有積灰塵，不會留下任何痕跡。至於指紋，戴上手套就能預防。縱使連毒藥是從天花板滴落一事都被發現了，也查不出是誰做了這件事。三郎和遠藤之間無怨無仇，這是眾所周知的事實，沒有懷疑到他頭上的道理。不，根本用不著考慮這麼多，熟睡的遠藤哪會知道毒藥是從哪個地方掉下來的。

這就是三郎從屋頂裡回自己房間時，一路上想出來的有利解釋。各位讀者一定也察覺了吧，就算以上各項都進展順利，他還是忘記一件很重要的事。令人不解的是，直到實際動手為止，三郎自己都沒有察覺。

5

四、五天後，三郎看準時機敲了遠藤的房門。在這之前，他當然反覆推演了這個計畫好幾次，經過一番縝密的思考，認定絕對不會有危險。不只如此，他更追加了各種新點子，比方說，關於如何處理毒藥瓶這件事。

如果能順利殺死遠藤，他打算從孔洞扔下毒藥瓶。這麼做有兩個好處，第一，不必另外大費周章地藏匿這個可能成為重大線索的瓶子。第二，見到毒物容器就在死人身邊，任誰都會以為遠藤是自殺。反正，當初和三郎一起聽遠藤自吹自擂的那個房客，一定能幫他好好證明這個瓶子是遠藤本人的東西。最幸運的是，遠藤每天晚上就寢前，不只房門，連窗戶都會從內側上鎖，別人絕對無法從外部進房。

那天，三郎極盡忍耐之能事，對著遠藤那張看了就想揍的臉閒聊很久。談話途中，三郎好幾次心生殺意，湧出試圖嚇唬對方的危險慾望，幸好他都拚命忍下來了。

「要不了多久，我就會用不留一絲證據的方法殺死你。你能像個女人一樣聒噪嘮叨的日子已經不多了，現在就盡情說個夠吧。」

三郎望著對方滔滔不絕的厚唇大嘴，內心一遍遍反覆這句話。一想到這個男人就快變成蒼白的屍體，實在難掩內心的愉快。

聊著聊著，遠藤果然如三郎所料，起身去了廁所。此時已是晚上十點左右，三郎小心翼翼地注意周遭，連玻璃窗外都謹慎檢查過了，這才無聲地打開壁櫥，從行李中找出那個藥瓶。上次遠藤放在哪裡，三郎看得很清楚，找起來不甚費力。不過，心跳加速、兩側腋下冷汗直流還是難免。說實在的，這次計畫中最危險的就是偷出毒藥這個步驟。他不知道遠藤會不會突然回來，也難保不會被正好路過的人看見。話說回來，三郎其實也都想過了，如果被看見，或者就算沒被他人看見，而是遠藤自己發現藥瓶失蹤——仔細觀察即可得知，更何況三郎有天花板縫隙這個祕密武器——到時候只要放棄殺人的念頭就沒事了，只是偷毒藥構不成什麼大罪。

說來說去，到最後他還是在不被任何人察覺的情況下，順利將藥瓶偷到手。等遠藤從廁所回來，三郎立刻找機會結束談話，回到自己房間。接著，三郎緊閉窗簾、鎖上房門，坐定於書桌前，心頭小鹿亂撞，從懷中取出那個可愛的茶色小瓶子定睛細看。

MORPHINE(0.xg.)

一張小標籤上寫著這行字，大概是遠藤寫的吧。三郎過去讀過毒物學相關書籍，對嗎啡有一定程度了解，但這是他第一次親眼見到實物。把瓶子拿到電燈前就著光舉高一看，裡面僅有半小匙左右的白色粉末，看起來透明美麗，幾乎教人懷疑這種東西真能致人於死嗎？

三郎手邊自然沒有足以測量粉末的精密磅秤，分量是否真的足夠，只能相信遠藤的話。當時遠藤雖是醉言醉語，聽起來卻絕對不像瞎扯。再說，三郎知道嗎啡的致死量是多少，而標籤上的數字正好是兩倍，看來不會有問題。

他將瓶子擺在桌上，與準備好的砂糖及酒精瓶並排，秉持藥劑師般的謹慎，專注地調起藥。寄宿公寓的房客看來都已入睡，周遭鴉雀無聲。三郎在一片寂靜中，用火柴棒沾取酒精，一滴一滴、小心翼翼地滴入瓶中。他忽然覺得自己的呼吸聲清晰無比，彷彿惡魔的嘆息。事實上，做這件事深深滿足三郎的變態嗜好，眼前浮現的是古老故事中，在黑暗洞窟凝視沸騰起泡的毒藥鍋、咧嘴嘻笑的可怕巫婆。

然而，也是從這時候開始，一股類似恐懼的情感毫無預警地自他內心一隅湧出，並隨著時間流逝，一點一滴地擴散。

MURDER CANNOT BE HID LONG;
A MAN'S SON MAY, BUT AT THE
LENGTH TRUTH WILL OUT.

忘了是誰引用過的莎士比亞，這令人不舒服的句子，此時正發出刺眼的光芒，烙印在他的腦髓。明明堅信這計畫毫無破綻，他卻拿內心不斷增大的不安一點辦法也沒有。

只是為了體驗殺人的樂趣，便殺死一個與自己無怨無仇的人，這真的正常嗎？自己是不是被惡魔蠱惑了？還是已經瘋狂？難道他一點也不認為自己的心非常可怕？

夜愈來愈深，三郎站在調好的毒藥瓶前，良久沉浸在各種思緒中。他好幾次下定決心，不如乾脆中止這個計畫吧？可是，到最後還是無法捨棄殺人的魅力。

就在舉棋不定的時候，一個致命的事實忽然閃現腦海。

「噗呵呵呵……」

三郎忽然覺得一陣荒謬。儘管顧慮著夜深人靜，他還是忍不住笑出來。

「大笨蛋，簡直是個出色的小丑！自以為認真地策劃了老半天，這顆麻木的腦袋卻連偶然與必然都分辨不出來嗎？就算上次遠藤張大的嘴巴正好在孔洞下方，但不表示下次會在同一個地方吧。不，應該說這種巧合根本不可能發生。」

這完全是個滑稽到極點的失策，整個計畫早在出發點就搞錯方向。話說回來，如此明擺在眼前的事實，為什麼直到今天才發現，只能說是不可思議。這恐怕證明了他那自以為聰明的腦袋，其實有非常嚴重的缺陷。這些暫且不提，發現此一盲點之後，三郎一方面甚是失望，另一方面倒也莫名地鬆一口氣。

「拜此之賜，我可以不必犯下可怕的殺人罪，真是太好了。」

儘管這麼告訴自己，但自隔天起，每當三郎「在屋頂裡散步」時，仍會依依不捨地打開那個洞，不辭辛勞地觀察遠藤的動靜。當然，他擔心遠藤察覺毒藥被偷也是原因之一，但最重要的還是暗自期待哪天遠藤又會像上次那樣，在孔洞正下方張大嘴巴睡覺。事實上，三郎每次「散步」時，總不忘把毒藥放進襯衫口袋裡。

6

那天晚上——打從三郎第一次「在屋頂裡散步」，差不多經過十天了。這十天來他煞費苦心，連一次都沒有被發現，每天在屋頂裡繞行好幾次。光用「小心謹慎」這種普通的說法，肯定不足以形容他的苦心——這天，三郎又爬到遠藤房間天花板上，抱著抽籤的心情暗忖，會是吉還是凶呢？說不定今天會抽到吉呢。三郎抱著向神明請求「拜託請讓我抽到吉吧」的心情，低頭朝孔洞望去。

頓時，他幾乎懷疑起自己的眼睛。和上次一樣，發出鼾聲的遠藤那張嘴，分毫不差地對準孔洞。三郎揉了好幾次眼睛，重新細看，又拉出褲頭繩垂下去目測。絕對沒有錯，褲頭繩和洞口及遠藤的嘴巴正好在一直線上。三郎好不容易才忍住驚喜的叫聲。這一刻終於到來的歡喜與難以言喻的恐懼在心頭交錯，形成一種異樣的興奮，使得黑暗中的他臉色鐵青。

他從口袋裡取出毒藥瓶，拚命按捺不由自主顫抖的手，拔開瓶栓，用褲頭繩對準——喔喔，這時的心情該如何形容才好？滴答、滴答、滴答……三郎好不容易才將十幾滴毒藥滴完，立刻閉上眼睛。

「他發現了嗎？鐵定發現了、鐵定發現了。他一定要大喊大叫地爬起來了吧！」

要是雙手有空，真想把耳朵摀上。

然而，這一切都是白擔心，下面的遠藤連悶哼一聲都沒有。三郎確定看到毒藥落入遠藤口中，這點絕對不會錯。可是，怎麼會這麼安靜？三郎戰戰兢兢地睜大眼，湊近孔洞窺看。只見遠藤蠕動著嘴，雙手摩擦嘴唇，應該正把那東西吞下去。一會兒，他又發出鼾聲睡去。所謂船到橋頭自然直，一切都是白擔心，睡傻了的遠藤，怕是連自己吞下毒藥都不知道。

三郎望著可憐被害人的臉，動也不動地看得出神，不知道到底凝視了多久。事實上，這段時間連二十分鐘都不到，對他來說卻像兩、三小時那麼長。就在這時，遠藤忽然瞪大雙眼，奮力撐起上半身，一臉難以置信地環顧房內。可能有暈眩的症狀，他不時甩頭又揉眼，嘴裡喃喃發出毫無意義的呻吟。在種種不正常的舉止之後，他竟然又躺回枕頭上，只是這次不斷翻身。

很快地，翻身的力氣逐漸減弱，看似就要動彈不得時，如雷的鼾聲再次響起。定睛一看，他的臉像喝醉般通紅，鼻頭與額頭冒出大顆大顆汗水。熟睡的他體內，此時定然進行著一場生死交關的奮戰，這麼一想，不由得令人毛骨悚然。

又過了一會兒，通紅的臉慢慢褪去顏色，變得如紙一般蒼白，轉眼間又逐漸發青。鼾聲不知何時已停止，呼吸的次數也似乎逐漸減少……胸部倏地一動，以為最後一刻即將來臨時，他又像想起什麼似地抖動雙唇，恢復緩慢的呼吸。重複兩、三次上述過程後，一切終於結束……他再也不動了，脖子癱軟，落下枕頭的臉上浮起一絲和這個世界完全不同的笑容。他終於「成佛」。

三郎始終屏氣凝神地捏著手心的汗，凝視底下這幅光景，至此總算真正鬆一口氣。這下子，自己終於成為殺人犯。話雖如此，這是何等輕鬆的死法啊。死在他手裡的人甚至沒有發出叫聲，沒有浮現一絲痛苦掙扎的表情，在鼾聲中死去。

「什麼嘛，殺人怎麼這麼容易。」

三郎感到說不出的失望。殺人這件事，在想像的世界中是那麼魅力無窮，實際做起來卻如同家常便飯。如果是這種程度的事，他還可以多殺幾個人吧——這麼想的同時，一股不知名的恐懼也悄悄滲入他放鬆的心。對於自己湊著天花板孔洞凝視屍體的模樣，三郎忽然感到可怕。脖子莫名發涼，側耳傾聽，總覺得聽到某處傳來慢條斯理地呼喚自己的聲音。三郎不假思索地離開孔洞，在黑暗中四處張望。然而，或許是盯著明亮的房內看久了，眼前不斷出現大大小小的黃色光環，浮起又消失、浮起又消失。若是盯著光環看，不由得產生一股錯覺，好像光環消失後，遠藤那張大嘴就會出現。

不過，無論如何，三郎並沒有忘記執行最初的計畫。他先朝洞裡拋下藥瓶——裡面還殘留十幾滴毒液——再將木節堵回原位，並打開手電筒檢查天花板內，以免留下任何痕跡。接著，確定沒有任何遺漏後，匆匆沿著大梁爬回自己房間。

「這下真的結束了。」

頭腦與身體莫名麻木，一股強烈不安襲來，三郎邊擔心自己是否忘了什麼，邊在壁櫥內穿上衣服。這時，他忽然想起一事，那條用來對準的褲頭繩在哪裡？該不會忘在那裡吧？三郎急忙伸手掏摸腰際，但不在那裡。他更著急了，雙手在全身上下摸索。哎呀，怎麼會忘了呢，不是好好收在襯衫口袋裡嗎？無奈之餘，三郎倒也放下一顆心，正想從口袋取出那條繩子和手電筒時，再度大驚失色。口袋裡還有別的東西……是毒藥瓶的小木栓。

剛才他在滴下毒藥時，為了怕完事後找不到木栓，特地把它好好收進口袋裡，事後竟完全忘了這件事，只把瓶子丟下去。這東西雖然小，放著不管也可能成為破案線索，三郎只得振奮起膽怯的心，再次爬回現場，將木栓丟進孔洞。

那天晚上，三郎上床時——這時為了小心起見，他已經不再睡在壁櫥中——已是凌晨三點。即使如此，興奮到了極點的他還是睡不著。就像忘了那個小木栓一樣，或許還忘了什麼別的事呢。這麼一想，一顆心不由得七上八下、忐忑不安。為了強制混亂的腦袋鎮定下來，他開始從頭到尾回想當晚的行動，檢查是否有哪個環節出錯。至少，這番整理下來，他沒有任何發現。

他就這樣在思考中迎來天明。很快地，走廊上傳來早起的房客們走向盥洗室的腳步聲。他立刻起身，準備外出。他害怕面對遠藤屍體被發現的時刻，到時候自己該表現出何種態度才好？萬一做出事後遭人懷疑的舉動就不妙了，因此，三郎做出在這段期間最好外出的判斷。可是回頭一想，沒吃早餐就外出反而更怪吧？「對啊對啊，是這樣沒錯，不要這麼心急。」發現這點之後，他又鑽回棉被中。

吃早餐前的兩個小時，三郎不知道有多麼提心吊膽。幸運的是，在他極盡匆忙地吃完早餐並逃出住處之前，什麼事都沒有發生。離開東榮館後，由於沒有特定想去的地方，為了打發時間，只能在城鎮之間遊走徘徊。

7

結果，他的計畫可說大為成功。

當他在中午時分回到寄宿公寓時，遠藤的屍體已經被搬走，警方也結束調查了。一問才知道，沒有人懷疑遠藤不是自殺，前來調查的人也只做了例行公事的問話，早已離開。

雖然眾人對遠藤自殺的原因一無所知，但從他平素的行為想像，多半與男女感情有關。事實上，他最近的確剛被女人甩掉。儘管對他這種男人而言，「失戀了、失戀了」只不過是一種口頭禪，沒什麼大不了，但又找不到其他原因，結果還是就此拍板定案。

即使如此，不管有沒有查明自殺原因，遠藤的自殺都毫無可疑之處。房門和窗戶從裡面上了鎖，裝盛毒藥的容器就在枕頭邊，也查明那原本就是屬於他的東西，還有什麼需要懷疑的嗎？毒藥是從天花板上滴進他口中這麼荒誕無稽的事，怎麼會有人想像得到。

話是這麼說，三郎還是無法徹底放心，坐立不安了一整天。不過，隨著日子一天、兩天地過去，他不但日漸鎮定，甚至游刃有餘地對自己的犯案手法感到洋洋得意。

「怎麼樣？我真是了不起呢。看啊，可怕的殺人凶手就住在同一棟寄宿公寓之中，卻沒有一個人發現。」

得意忘形的他心想，世間不知道存在多少這種不被發現、未受刑罰的犯罪。所謂「天網恢恢疏而不漏」，不過是從前當政者的宣傳口號，或者只是民眾的迷思罷了。事實上，只要手法夠巧妙，無論何種犯罪都有可能永不曝光。儘管三郎這麼想，但一到夜晚，總覺得遠藤死去時的臉便浮現眼前。那夜之後，三郎不得不中止「屋頂裡的散步」。不過，這也只是內心的問題，肯定很快會遺忘。就實際層面來說，只要罪行不被揭露就夠了。

這天是遠藤死後的第三天，三郎吃過晚餐，正一邊剔牙一邊哼著歌時，久違的明智小五郎忽然來訪。

「嗨。」

「好久不見。」

他們看似一派安然自得地對彼此打了招呼。事實上，三郎心中對這位業餘偵探偏挑此刻來訪，不由得感到有些不祥。

「聽說這間公寓有人吃了毒藥死亡啊？」

明智才剛坐下，馬上提起三郎避之唯恐不及的話題。他大概是從誰口中聽說了自殺者的事，又正好認識住在同一間公寓的三郎，才秉持偵探的好奇心來訪吧。肯定是這樣沒錯。

「是啊，說是吃了嗎啡。事情鬧開時我正好不在公寓裡，詳情並不清楚，只聽說和男女感情有關。」

為了掩飾想逃避這個話題的心情，三郎做出自己也頗感興趣的表情答腔。

「死者是什麼樣的人啊？」

聽完，明智立刻這麼問。接下來好一會兒，他又詢問了遠藤的為人、死因和自殺方法，三郎都一一回答了。起初面對明智的提問，三郎的確感到膽顫心驚，不過，在與明智的問答之間漸漸定下了心，膽子也大起來，最後甚至產生調侃明智的心情。

「你對這件事有什麼看法？會不會是他殺啊？沒有啦，我並不是有什麼根據才這麼說。看似毫無疑點的自殺事件其實是他殺，這種事不是常有嗎？」

如何？就算是名偵探也不可能摸清這件事的底細吧。三郎在心中嘲弄著，連這種話都試著說出口，心情好得飛上天。

「現在還說不準。其實我從朋友那裡聽說這件事時，已發現死因有些難以解釋之處。怎麼樣，可以讓我看看那位遠藤的房間嗎？」

「沒問題。」三郎反而拍著胸脯答應。「住遠藤隔壁房的是他的同鄉，受遠藤父親之託保管他的行李。只要告訴他你是誰，他一定很樂意讓你看看。」

於是兩人一起去了遠藤的房間。當時，走在前面的三郎心頭忽然湧現一股奇異的感受。

「凶手本人帶偵探到殺人現場去，真是不可思議。」

他花了好大的力氣才忍住嘴邊漾開的笑意。三郎這輩子，或許沒有比此時更意氣風發的時候。鄉田三郎是個貨真價實的惡徒啊，簡直想對自己喊一聲：「幹得好！」

遠藤的朋友名叫北村，他也證實了遠藤失戀的事。聽到明智的名字，北村立刻爽快地將遠藤的房間打開。由於遠藤的父親從老家趕來，這天下午才剛為兒子舉行完簡單的葬禮，遠藤的私人用品尚未打包，還依樣放在房間裡。

遠藤被人發現猝死時，北村已經去上班了，對當時的狀況並不清楚。不過，他還是綜合了從別人口中聽來的消息，為明智做相當詳細的說明。三郎也裝作局外人的樣子，在一旁提供各種傳聞。

明智聽著兩人的說明，露出擺明是內行人的眼神，在房間裡四處查看。他不經意地發現放在桌上的鬧鐘，不知為何盯著看了很久。或許鬧鐘上奇特的裝飾吸引了他吧。

「這是鬧鐘吧？」

「是啊。」北村饒舌地補充：「那是遠藤的寶貝。他是個一板一眼的男人，每天晚上都會將鬧鐘設定為六點整響起。住在隔壁的我，總是聽著他的鬧鈴聲醒來。遠藤死時也是如此，那天早上這鬧鐘也響了，當時怎麼想得到後來會發生那種事。」

聽他這麼一說，明智伸手撥弄那頭久未修剪的長髮，露出對什麼感興趣的表情。

「你確定那天早上這鬧鐘響過嗎？」

「是啊，絕對沒錯。」

「這件事，你可曾告訴警方？」

「沒有……可是，您為什麼這麼問？」

「這還用問？難道你不覺得很奇怪嗎？前一天晚上決定要自殺的人，為什麼要設隔天早上的鬧鐘？」

「說得也是，確實很奇怪。」

粗線條的北村似乎一直沒有察覺這一點，也沒能完全理解明智想說的話。這不能怪他，畢竟案發現場房門上鎖，裝毒藥的容器就在死人身邊，一切狀況都顯示遠藤是自殺。

然而，聽著這番問答的三郎卻驚訝得像是天崩地裂，同時後悔不已，自己為什麼要帶明智來遠藤的房間。

在這之後，明智更加鉅細靡遺地調查整個房間，當然也沒有放過天花板。他輪流敲打每一片天花板，徹底檢查是否有人進出的痕跡。令三郎放心的是，即使是這樣的明智，看來也料想不到從天花板孔洞中滴下毒藥，再將木節堵回去的嶄新殺人手法。確定每一片天花板都釘得牢靠之後，他似乎不再懷疑更多。

結果，那天以沒有任何發現收場。明智看完遠藤的房間後，再次回到三郎的房間，閒聊一會兒就走了，什麼事都沒有發生。只是在閒談之中，明智問了下面這件事，必須在此先寫下來。為什麼要這麼做呢？因為這乍看之下平凡無奇的問題，其實和故事的結局有最重大的關聯。

那時，明智從衣袖中取出香菸點燃，彷彿忽然想起什麼似地問道：

「從剛才開始就沒看到你抽菸，戒了嗎？」

被他這麼一說，三郎才發現自己這兩、三天來，連一次都沒抽過最愛的香菸，簡直像忘了世上有此物似的。

「真奇怪，我完全忘了要抽菸。現在看到你抽，也沒興致跟著抽。」

「這情形是從什麼時候開始的？」

「仔細想想，已經兩、三天沒抽了。對了，這包菸是星期天買的，我整整三天一根都沒抽，到底是怎麼了？」

「那麼，就是從遠藤死的那天開始的吧。」

聽到這句話，三郎不由得心頭一驚，然而，他又想不出遠藤的死和自己不抽菸有什麼因果關係，當場只能笑著蒙混過去。後來想想，那件事絕非毫無意義，他不該一笑置之。

——奇怪的是，三郎從此之後再也不喜歡抽菸。

8

三郎實在無法不在意那個鬧鐘的事，夜裡輾轉反側，無法成眠。假設真的有人懷疑遠藤並非自殺，也沒有任何證據能證明三郎就是凶手，其實根本不需要擔心。可是，一想到掌握這點的人是明智，他怎麼也無法安心。

沒想到，半個月過去了，什麼事都沒有發生，令人擔心的明智後來也未再次來訪。

「哎呀，這不就沒事了嗎？一切都結束了。」

三郎逐漸鬆懈，即使偶爾仍受惡夢所苦，大體上還是過著愉快的日子。最開心的是，在犯下那樁殺人罪後，那些原本毫無興趣的玩樂竟變得有趣起來。因此，這陣子他幾乎天天外出遊蕩，玩得不亦樂乎。

那天，三郎也在外頭玩樂，直到夜晚十點左右才回到寄宿公寓。他拉開壁櫥，打算拿出棉被就寢時——

「哇啊！」

他不假思索地發出驚叫，踉蹌著倒退兩、三步。

自己是在做夢嗎？還是已經發狂？眼前的壁櫥裡，竟然出現那個死去的遠藤的頭，頂著一頭亂髮倒吊在天花板上。

三郎一度想逃跑，人都到了房門口，但總覺得或許是看錯了，又戰戰兢兢地回過頭，再往壁櫥內仔細一瞧。怎麼會這樣？不但不是他看錯，那顆頭還正對著他咧嘴嘻笑。

三郎再度發出驚叫，一個箭步飛奔到門口，打開拉門正想往外逃時——

「鄉田、鄉田。」

壁櫥裡的那東西，頻頻呼喚三郎的名字。

「是我、是我啊，別跑。」

那不是遠藤的聲音，但聽來似曾相識，三郎停下逃跑的腳步，害怕地回頭看。

「失敬失敬。」

邊這麼說邊像從前的三郎那樣從壁櫥天花板上下來的，竟是意料之外的明智小五郎。

「嚇到你了，真抱歉。」身穿西式服裝走出壁櫥的明智，笑吟吟地說：「我只是稍微模仿你一下。」

這句話，是比鬼魂現身更可怕的事實。明智一定知道什麼了。

任何話語也無法形容三郎此刻的心情。之前發生過的一切有如風車般在他腦中旋轉，大腦等同於無法思考，他只能茫然望著明智的臉。

「廢話不多說，這是你的襯衫鈕扣吧？」

明智以一副公事公辦的語氣，將手中的黑色鈕扣遞到三郎眼前。

「我已經問過公寓裡其他人，沒有人遺失這樣的鈕扣。哎呀，不就是這件襯衫嗎？看，第二顆鈕扣掉了。」

三郎心頭一驚，朝胸口一看，襯衫果然少了一顆鈕扣。究竟是什麼時候弄掉的，三郎完全沒發現。

「以襯衫鈕扣來說，這顆鈕扣的形狀相當特殊，一定是你的沒錯。你知道我是在哪裡撿到這顆鈕扣的嗎？是天花板上喔。而且，就在遠藤房間上方。」

即使如此，三郎還是想不通為什麼自己沒發現鈕扣掉在那裡。當時不是打開手電筒徹底檢查過了嗎？

「遠藤是你殺的吧？」

明智笑得純真無邪——此時看來反而顯得詭異——緊盯著三郎不知所措的眼睛，說出決定性的一句話。

三郎覺得自己已經不行了。無論明智的推理假設有多麼高明，充其量只是推理，他想怎麼抗辯都行。可是，既然被他無預警地找到證物，那就真的一點辦法也沒有。

三郎像個就要放聲大哭的孩子，呆若木雞地站了許久。奇妙的是，那些好久以前的事，例如小學時代的往事，竟如幻影般出現在因恍惚而模糊的眼前。

約莫兩小時後，他們依然維持原本的狀態，這麼長一段時間幾乎沒有改變過姿勢，在三郎房間裡面面相覷。

「謝謝，你終於坦承了。」明智最後這麼說。「我絕對不會把你的事告訴警察，今天來只是想確認自己的推理是否正確。你也知道，我感興趣的是『真相』，其他事怎麼樣，對我來說都無所謂。再說，這樁犯罪根本沒有任何證據。

你說襯衫的鈕扣？哈哈哈，那是我設下的陷阱，因為我知道，要是沒有任何證物，你肯定不會吐實。上次來訪時，我發現你的第二顆鈕扣掉了，於是利用這一點。怎麼？這顆鈕扣是我去鈕扣行買來的啦。鈕扣這種東西什麼時候脫落，一般人往往不會察覺，只要趁你情緒激動時逼問，我想事情一定會進行得很順利。

正如你所知，我是從知道鬧鐘的事之後，開始懷疑遠藤並非自殺。在那之後，我拜訪了這個轄區的警察署署長，向當天來查案的員警之一打聽了當時詳細的情形。據員警所說，嗎啡瓶掉在菸盒裡，裡面捲好的香菸散了一地。可是，聽北村說遠藤是個一板一眼的男人，死時甚至為自己鋪好床鑽進去，又怎麼會把毒藥瓶丟進菸盒裡，讓香菸散了一地？這怎麼想都不自然吧。

這一點加深我的懷疑，又在無意間發現你從遠藤死去那天便不再吸菸。若說兩件事只是巧合，未免太過奇怪。這時，我想起從前你以模擬犯罪為樂的事，推測你是個有變態犯罪癖好的人。

後來，我又來這間寄宿公寓好幾次，瞞著你調查遠藤的房間。當我確定除了天花板外，凶手沒有其他行凶途徑之後，便學著你展開『屋頂裡的散步』，暗中察探房客的情形。其中，我在你房間上方停留的時間特別久，也從縫隙中看到你焦慮不安的模樣。

愈是著手調查，一切事證愈指出你就是凶手。可惜的是，確切的物證是一項也沒有，這就是我為什麼要演那齣戲的原因。哈哈哈……那麼，我就此告辭了，想必日後不會再相見。因為，你應該下定決心要自首了吧？」

對於明智設下的陷阱，三郎已經一點感覺也沒有。他一臉茫然，似乎連明智離開也沒有發現。

「執行死刑時，會是什麼樣的心情……」

腦中只是恍惚地想著這件事。

他一直以為，把藥瓶丟進孔洞時，自己並沒有看見藥瓶掉在哪裡。事實上，藥瓶掉進菸盒的事，他不但看得一清二楚，更在潛意識的作用下，導致日後討厭抽菸的心理。

帶著貼畫旅行的男人

如果這不是我做的夢，也不是短暫的瘋狂幻覺，那個帶著貼畫旅行的男人肯定就是個瘋子。不過，正如我們有時可透過夢境一瞥另一個全然不同的世界，又如瘋子的所見所聞也只是一個與我們完全不同的世界，那一剎那，或許是我透過大氣之中某個不可思議的鏡頭，看見另一個世界的某個角落。

忘了是什麼時候，只記得是個溫暖的陰天。那天我特地去魚津（註11）看海市蜃樓，那件事就發生在歸途中。聽我這麼說，親近的朋友們也曾駁斥「你根本沒去過魚津吧」。這麼說起來，確實沒有明確的證據能證明我何時去過魚津。那果然是一場夢嗎？可是，我從來沒做過色彩那麼鮮明的夢。平時夢中的景色總如黑白電影，一點色彩也沒有，唯獨在那列火車上看到的景象，以那幅斑斕絢麗的貼畫為中心，帶著奼紫嫣紅的色彩，打著蛇眼般的漩渦，鮮活地烙印在我記憶中。難道彩色電影一般的夢境也是存在的嗎？

那一天，我看見了有生以來初次見到的海市蜃樓。在我原本的想像中，海市蜃樓是在蚌蛤吐出的氣息中浮現美麗的龍宮，應該如同一幅古色古香的畫。然而，看到真正的海市蜃樓，我不由得滲出黏膩的冷汗，陷入近乎恐懼的驚訝之中。

魚津海邊的松樹林，豆粒大小的人頭鑽動，所有人無不屏氣凝神，睜大雙眼緊盯著廣大的天空與海面。我從未見過這樣的海，安靜得像是啞了嗓子似的。日本海向來給我驚濤駭浪的印象，因而對此大感意外。那片海洋是灰色的，海面沒有一絲波紋，更像一個朝無限彼端擴展的沼澤。同時，海面如同太平洋一樣看不到水平線，灰色的大海與灰色的天空融合，宛如被一層不曉得有多厚的霧靄籠罩。以為已經屬於天空的上半部霧靄中，意外地仍屬於海面，一大片幽靈般的白色船帆飄揚滑過。

海市蜃樓就像在牛奶色的膠卷表面滴上墨汁，待其自然暈染滲透後，再用這膠卷在天上播放出無限巨大的電影。

遠方能登半島的森林，透過錯落變形的大氣鏡頭映在眼前的天際，彷彿失焦顯微鏡下巨大得荒謬且形狀模糊不清的黑色蟲子，籠罩在看著這一幕的人們頭頂。那模樣又像是奇形怪狀的烏雲，然而，不同於真正的烏雲位置清楚易辨，海市蜃樓最不可思議的地方，在於看到的人無法判斷與它之間的距離。有時感覺像是飄在遙遠海上的大片積雨雲，有時感覺又像逼

註11／位於富山縣東北部，每到春天便容易產生海市蜃樓的現象。

近在一尺開外的怪異霧靄，有時甚至像是貼在人們眼角膜表面的一個小黑點。這種難以捉摸的距離感，使得海市蜃樓更予人一種超乎想像的詭譎失常氛圍。

形狀不定的漆黑巨大三角形層層堆疊如一座塔，才一眨眼又紛紛散落，橫向排列為一輛行走中的長長火車，然後再度分崩離析，重組成一排杉樹林梢……看似矗立原地不動的海市蜃樓，就像這樣時時刻刻改變著不同的形狀。

如果海市蜃樓的魔力能使人發狂，或許我直到上了回程的火車時，仍無法逃離那股魔力。整整站了兩個多小時，看盡遼闊天空中妖異現象的我，當天傍晚便離開魚津，在火車上度過一夜。當時的心情確實遠遠脫離了日常，那大概就像過路狂魔侵襲人心一般，只是一時之間的短暫瘋狂。

從魚津車站搭上往上野的火車時，大約是傍晚六點左右。不知是奇妙的巧合，還是這一帶的火車總是如此，我搭乘的二等車廂（註12）有如教堂般空空蕩蕩。除了我之外，只有一個已先上車的乘客，彎著身子坐在另一端的座椅上。

火車跑在寂寥海岸邊的險峻懸崖與沙灘上，發出單調的機械聲響。沼澤般的海面濃霧更顯深重，瘀血色的夕陽照得四周一片朦朧。看來異樣巨大的白帆，如夢一般滑過海面上的霧靄。那是個悶熱的日子，沒有一絲涼風，只有車行時掀動的氣流，如幽魂般從幾扇打開的車窗潛入，但也說不上涼爽。途中經過許多短隧道與一根一根的防雪柱，在窗外灰色的廣闊天空與海洋之間形成條紋圖樣。

火車駛過親不知斷崖時，夜幕低垂，車內的電燈和天空幾乎同樣昏暗。此時，坐在對面角落的一個乘客突然站起來，在椅墊上攤開一條大大的黑布包袱巾，再把原先立在車窗上一個長三尺、寬兩尺的扁平物品包入其中。看著這一幕，我突然產生一種奇怪的感覺。

那扁平的物品應該是一幅裱框畫吧。不知出於何種特別意圖，原先立在車窗上時，畫的正面朝向玻璃窗外，應該是特地把原本包在包袱巾內的畫拿出來立在窗戶上的。當他將畫再度包裹起來時，我看見了畫面中色彩繽紛的圖案，彷彿有生命一般，給我一種世間罕見之物的感覺。

我重新觀察擁有這樣怪東西的人，此人散發的異樣氛圍更甚於畫，令我大吃一驚。

他的外表極為傳統古典，穿著我只在父執輩年輕時拍的褪色照片裡看過的，有著窄領子與大墊肩的黑色西裝。神奇的是，這套衣服穿在個高腿長的他身上非常相稱，甚至可說相當

註12／當時的火車車廂分為三等。

具有男子氣概。他有一張細長的臉蛋，雙眼炯炯有神，整體來說，除了那雙太過晶亮的眼睛以外，給人拘謹、聰明的印象。整齊梳出分線的頭髮豐盈黑亮，乍看像是四十來歲，但若再看得仔細一點，其實臉上布滿皺紋，就算跳過五十幾歲，直接說是六十幾歲也不為過。烏黑的頭髮與蒼白臉上縱橫無數的皺紋形成強烈對比，第一次注意到這點時，我嚇了一跳，內心充滿一股難以形容的詭異。

他仔細地包好東西後，忽然朝我轉頭。那正好是我專注觀察他的時候，兩人的視線撞了個正著。他有些難為情地揚起嘴角微微一笑，我也不假思索地點頭回應。

火車又通過兩、三個小車站，我們各自坐在車廂兩端的角落位子上，好幾次遠遠地四目相交，又尷尬地別過頭去。

天色已完全變暗，即使把臉抵在窗玻璃上往外看，除了偶爾可見遠方漁船的導航燈浮現於海面，幾乎見不到一絲光亮。在無邊無際的黑暗中，彷彿世上只有我們乘坐的這輛細長火車，永無止盡地喀噠喀噠向前行駛。昏暗的車廂裡只剩下我們兩人，感覺就像整個世界的所有生物都消失得無影無蹤。無論停在哪個車站，我們搭的二等車廂都不再有乘客上來，車上的服務生和列車長也從未出現過。如今回想起來，這些事確實非常奇怪。

我漸漸懼怕起那個看起來像四十歲又像六十歲，有著西洋魔術師般風采的男人。在沒有摻雜其他事物、只有單純的恐懼時，恐懼這種東西往往會無限擴大，終至充滿整個體內。到最後，我害怕得寒毛直豎，再也承受不住，於是倏地起身朝男人所在的角落走去。這男人愈是令人不舒服、愈是令人害怕，我愈要接近他。

我輕輕坐在他對面的座位，他臉上的皺紋在近看之下更顯異樣，令我產生一股顛倒錯覺，彷彿連自己都成了妖怪。我瞇起眼屏住呼吸，直直盯著他。

男人從我自位子上起身時，便一直以目光回應我；當我盯著他的臉時，他更像早有準備似地，下巴朝那扁平的物品努了努，連一句客套話都沒有說，開門見山地問道：

「是為了這個吧？」

他的語氣實在太過理所當然，我反而嚇一跳。

「您想看這個東西對吧？」

因我沉默不語，他再度重複一次問題。

「您願意讓我看嗎？」

受他的態度影響，我忍不住脫口而出突兀的話。明明我之所以起身，根本就不是為了看包袱裡的東西。

「我很樂意。從剛才開始，我就一直在想，您一定會過來看這個。」

男人——或許應該說是老人——說著，用修長的手指靈巧地解開大包袱巾，將那幅裱框畫改以畫面朝內的方式立在車窗上。

我朝畫面投以一瞥，忍不住閉上眼睛。為什麼會這樣，直到現在我也不明白，就是有個感覺告訴我非得這麼做不可。雙眼閉上了好幾秒，再次睜開眼時，看見的是個前所未見的奇妙物品。話雖如此，我所擁有的詞彙又萬萬不足以說明它究竟「奇妙」在什麼地方。

那幅畫以鮮豔的藍色不透明塗料為主，描繪出歌舞伎舞台般的背景：好幾個打通的房間中，運用極度高明的遠近法畫出的簇新榻榻米與格狀天花板，看起來好似朝遠方無盡延伸。畫面左前方則以黑墨及粗獷的筆觸畫出書院風格的窗戶，再以無視角度的手法，在窗前畫了一張同樣顏色的書桌。該如何形容上述背景的畫風呢？或許可以說與神社繪馬圖案的獨特風格類似，這麼形容大家應該就能理解了吧。

在這些背景的襯托下，畫中的主角是兩個高約一尺左右的立體人物。之所以立體，是因為只有這兩個人物並非彩繪而成，而是以精密貼畫的方式所製。畫面上，一個身穿黑色天鵝絨傳統西裝的白髮老人，看似侷促地坐在那裡——匪夷所思的是，除了白髮之外，畫中老人的容貌與這幅畫的主人一模一樣，就連身上西裝的穿法也如出一轍——另一個身穿緋色鹿斑和服、繫著相映成輝的黑色腰帶、頭上梳著結綿髮髻（註13）、嬌豔欲滴的十七八歲美少女，則含羞帶怯地趴在西裝老人的腿上，就像是戲劇中男歡女愛的場景。

光是西裝老人與美少女的對比已堪稱異樣，然而，我從這幅畫中感覺到的「奇妙」卻不只是如此。

在粗獷背景的襯托下，人物貼畫的精緻度更顯驚人。以白絹做出臉部五官的凹凸，連細小的皺紋也一一呈現。少女的頭髮用的是真正的人髮，先一根一根植入，再以實際結髮的方式結成髮髻，老人頭上的白髮肯定也是以真髮密密植入。西裝的剪裁縫製正確，粟米大小的鈕扣也釘在該有的地方。少女豐滿的乳房與腿部渾圓的曲線，以及從敞開的緋色縐綢中露出的肌膚栩栩如生，甚至連手指上都長有貝殼般的指甲。要是拿放大鏡細看，說不定連毛孔和寒毛都看得見。

說到貼畫，我只看過羽子板上模仿演員長相貼出的肖像畫。但是，儘管羽子板上的貼畫已相當精緻，還是遠遠比不上眼前這兩人的貼畫。我猜想，這幅畫或許出自這行的名家大師之手。然而，這也還不是我所說的「奇妙」之處。

註13／江戶時代後期，未婚女子常梳的髮髻。

整體來說，這幅畫看似歷史悠久，背景的不透明塗料已有多處剝落，少女身上的緋色和服與老人身上的天鵝絨西裝也看得出褪色的痕跡。儘管如此，整幅畫仍維持著難以名狀的斑斕絢麗，生氣勃勃，擁有深深烙印在觀者眼底的生命力，著實教人不可思議。只不過，我所說的「奇妙」也不是這個意思。

硬要說的話，我所說的「奇妙」，指的是畫中兩人似乎曾是活生生的真人。

在文樂（註14）的淨琉璃人偶戲中，一整天的表演裡，僅有一次或兩次的機會，名操偶師手中的人偶彷彿一瞬間擁有了生命，而這幅貼畫上的兩人，就像活在那一瞬間的人偶，還來不及逃離就被壓在板上，看似獲得永遠的生命。

見我面露驚訝，老人立刻以信賴的語氣，幾乎是吶喊般地說：

「啊，我就知道你或許明白。」

說著，他放下背在肩上的黑色皮箱，小心翼翼地打開鎖，從中取出一副老舊的望遠鏡，朝我遞了過來。

「用這個吧，用這個望遠鏡看一次。不，從那裡太近了。抱歉，可否再退後一點，對，從那邊剛好。」

雖是個異樣的要求，但我在無限好奇心的驅使下，依照老人的指示站起來，退到距離那幅畫五、六步的地方。為了方便我看畫，老人雙手捧著畫框舉在電燈下。現在想想，那一幕實在非常怪異。

那副望遠鏡看起來像是三、四十年前的舶來品，形狀恰似小時候我們常在眼鏡行招牌上看到的稜鏡形望遠鏡。表面包覆一層防止手滑的黑色皮革，隨處可見底下的黃銅材質，和老人的西裝一樣，有著一副傳統古典的外表。

出於對罕見事物的好奇心態，我拿著望遠鏡翻來覆去地看了一會兒。接著，當我雙手拿起望遠鏡，想湊到眼前窺看時，老人突然發出近乎哀號的叫聲，把我嚇得差點拿不住手中的望遠鏡。

「不行、不行，你拿反了。拿反了可不行，絕對不行。」

老人臉色鐵青，眼睛瞪得老大，不住揮動雙手。不過就是把望遠鏡拿反了嘛，何必這麼激動呢？我完全無法理解老人異樣的舉動。

「這樣啊，原來我拿反了呀。」

註14／「文樂」本來是指專門演出人形淨瑠璃的劇場，但現在常常做為日本傳統藝能之一的人形劇、人形淨瑠璃的代稱。

我一心只想趕快拿起望遠鏡觀看，並未對老人不可思議的表情多加深思。我重新拿正望遠鏡，急著湊上眼去看貼畫上的人物。

隨著焦點慢慢匯聚，兩個圓形視野逐漸重合為一，原本鏡頭中看起來像模糊彩虹的東西也愈來愈清楚。映入眼簾的是少女胸部以上的部分，在望遠鏡下變得驚人地大，充滿整個視野，彷彿整個世界就只有她似的。

事物以這種方式呈現在眼前，對我來說是空前絕後的體驗，很難對讀者解釋，只能盡量比喻。比方說，從船上鑽入海中的海女在某一瞬間的姿態，或許可以用來比擬。赤裸的海女在海底時，因為中間層層蔚藍海水複雜晃動的緣故，她的身影看來猶如搖晃的海藻，呈現不自然的扭曲，輪廓也模糊難辨，有時看起來甚至像白濛濛的妖怪。然而，當她逐漸朝水面浮起時，撥開層層海水，覆蓋其上的藍色漸漸轉淡，身影逐漸清晰，猛然浮出水面的瞬間，就像從夢中倏地驚醒一般，原本水中白濛濛的妖怪，立刻暴露出人類的原形。貼畫上的少女透過望遠鏡出現在我眼前時，差不多就是這種感覺。一個等身大的活生生女孩，在我眼前動了起來。

十九世紀古典望遠稜鏡的鏡片另一端，是一個我們完全無法想像的異世界。梳著結綿髮髻的美少女與身穿古典西裝的男人，在那裡過著奇妙的生活。現在的我就像在魔法師的幫助下，偷窺了不該看的東西，心情微妙複雜、難以形容。可是，就像被什麼附身一般，我仍無法克制地沉溺於窺看這奇妙的世界。

少女並非真的動了起來，只是比起用肉眼直接觀看時，整個人的氛圍截然不同，充滿生機，連白皙的臉蛋也染上一抹桃紅，酥胸起伏（事實上我連心跳聲都聽見了），綢綢衣裳下的肉體蒸騰出一股年輕女性的青春氤氳。

我先貪婪地看遍望遠鏡中的女子全身，才將目光轉向她倚靠的男人身上。

老人看來也像活在望遠鏡的世界中。只是，用肉眼觀看時，見他手臂搭在看來年齡相差四十歲的年輕女子肩上，似乎很幸福的樣子，但透過鏡片放大之後，卻發現滿布皺紋的臉上，幾百條皺紋底下竟透露出一絲苦悶的神情。或許是老人的臉在望遠鏡的放大下近在咫尺而大得異樣的緣故，愈是凝視著他，我的背脊愈是發涼。因為浮現在他臉上的，是一種混雜了悲傷與恐懼的異樣神情。

看到這一幕，我突然像做了惡夢，再也無法忍受繼續盯著望遠鏡，情不自禁挪開視線，不安地東張西望。身邊依然是夜晚寂寥冷清的車廂，那幅貼畫也依然捧在老人手中，維持原本的模樣。窗外一片漆黑，耳邊還是單調的車輛機械聲。感覺像剛從一場惡夢中醒來。

「你的臉上寫滿難以置信呢。」

老人凝視著我這麼說。然後，他把畫立在原先的車窗上，自己先坐回座椅，又招了招手，示意我在他對面的座位上坐下。

「我的腦袋不知道怎麼了，天氣真是悶得討厭。」為了掩飾尷尬，我如此回應。老人駝著背，突然將臉朝我湊過來，放在膝蓋上的細長手指像打著什麼暗號似地上下掀動，壓低了聲音對我說：

「那兩人是活著的對吧？」

接著，彷彿要揭露什麼天大的祕密一般，老人的背駝得更彎，並睜大那雙晶亮的圓眼睛緊盯著我的臉。

「你想聽聽發生在他們身上的遭遇嗎？」

因為火車的搖晃和車輛聲音的干擾，加上老人的聲音太低沉，我還以為是自己聽錯了。

「您是說遭遇嗎？」

「是啊，我是那麼說。」老人回答的聲音依然低沉。「尤其是發生在那個白髮老人身上的遭遇。」

「從他年輕的時候說起嗎？」

那天晚上，我也不知怎麼了，說話的語氣很不正常。

「是的，從他二十五歲的時候說起。」

「請務必說給我聽聽。」

我說得再自然不過，好像想聽的是發生在一般人身上的事，催促著老人告訴我。

於是，老人高興得加深了臉上的皺紋，以「啊啊，你果然想知道」為開場白，說起下面這個不可思議的故事。

「那是我這一生中最重大的事件，所以記得很清楚。明治二十八年四月，哥哥變成那樣子（指貼畫中的老人），是二十七日傍晚時分的事。當時，我和哥哥都還住在日本橋通三丁目的家中，父親經營和服店。那個時候，淺草的十二樓（註15）才剛蓋好不久呢，也因為這樣，哥哥每天都興高采烈地跑上凌雲閣。為什麼這麼說呢？其實哥哥是個喜歡異國風情與新鮮玩意兒的人，剛才那副望遠鏡也是哥哥從橫濱唐人街上一間奇特的舊貨店找到的，聽說原本的主人是個外國船長。哥哥還說，他當時花了不少錢才買下它。」

老人每次一提到「哥哥」，不是望一眼那幅貼畫，就是用手指一指，簡直像那個人就坐

註15／意指淺草凌雲閣，明治時期至大正後期的十二層塔狀西式建築，有「十二樓」的暱稱。

在一邊似的。我心想，老人是把記憶中的兄長與畫中的白髮老人混在一起了。他說話的方式也彷彿貼畫是活的一般，處處意識著身旁的這個第三者。匪夷所思的是，我對此一點也不感到奇怪。在那個瞬間，我們超越了自然法則，住進一個與原本世界有某種不同的異世界。

「你上過十二樓嗎？喔，沒去過是嗎？真可惜。那棟建築物，也不知道是哪個魔法師蓋的，實在是個非常怪異的地方。表面說是義大利設計師巴爾頓設計，可是你想想看，說到當時的淺草公園，最有名的莫過於蜘蛛男、舞劍少女、表演球上平衡特技的、耍陀螺的、西洋鏡等等，再特殊一點的，頂多是富士大人（註16）的戲台，或是洋名『maze』的迷宮陣吧。在那樣的地方搭起這麼一座高得不像話的紅磚塔，怎教人不驚訝呢？聽說那座塔高達兩百七十六尺，離三百六十尺就差那麼一點，但也夠高了。八角形的屋頂像中國人戴的高帽子那麼尖，在整個東京裡，只要爬上稍微高一點的地方，到處都能看見那個紅色怪物。

剛才我也說了，那是明治二十八年的春天，哥哥剛買下這副望遠鏡沒多久時，人開始顯得很不對勁。父親擔心得不得了，甚至懷疑哥哥是不是精神錯亂。我當然也察覺到了，因為我非常崇拜哥哥，對他怪異的舉止憂慮不已。舉例來說，哥哥茶不思、飯不想，也不和家人說話，待在家的時候就一個人默默發呆，不知道在想什麼，而且身形消瘦了不少，臉色像得肺病似地發黃，只有一雙眼睛骨碌碌地打轉。他平常就不是個容光煥發的人，那時臉色更是加倍蒼白、加倍暗沉，看得人都不忍心了。即使如此，他還是風雨無阻，白天踩著蹣跚的腳步出門，直到傍晚才回家。問他上哪去了，又一個字也不肯說。母親非常煩惱，想盡辦法問他，他還是一點也不肯透露。這樣的情形持續了一個月左右。

因為實在太擔心，有一天我便趁哥哥出門時偷偷尾隨。之所以這麼做，一方面也是受母親所託。那天的天色正好也是這麼陰，天氣悶得教人不舒服，可是才剛過中午，哥哥立刻換上自己精心訂製，以當時來說非常高級的黑色天鵝絨西裝，肩上背著這個望遠鏡，踩著輕飄飄的腳步朝日本橋大道上馬車鐵路（註17）的方向走去。我小心翼翼地跟著哥哥，沒有被他發現。結果你知道怎麼了嗎？往上野的馬車鐵路一到，哥哥二話不說就跳上去。和現在的電車不一樣，我可不能等著搭下一班車，因為班次很少啊。無奈之餘，我只好用盡母親給的零用錢僱一輛人力車。雖說是人力車，但只要找個精壯一點的車夫，還是追得上馬車鐵路，不至於跟丟了哥哥。

註16／淺間神社的俗稱。
註17／十九世紀用馬拉車行走於軌道上的交通方式。

哥哥下車後，我也下了人力車，繼續寸步不離地跟蹤他。最後他來到的地方，原來是淺草觀音寺。從仁王門進去後，哥哥目不斜視地穿過拜殿，撥開拜殿後方見世物小屋（註18）前的人群，一直走到我剛才說的十二樓前，穿過石門，在掛著『凌雲閣』匾額的入口付了入場費，身影消失在塔中。我愣住了，做夢也沒想到哥哥每天外出就是來這裡。當時我還不滿二十歲，孩子氣的腦中冒出奇怪的念頭，以為哥哥是被十二樓裡的妖怪給迷住了。

我只上過一次十二樓，那次還是父親帶我去的，後來再也沒上去過。儘管內心有些恐懼，但既然哥哥都上去了，我也只得跟著進去。我大概比哥哥落後一層樓，沿著昏暗的石階往上爬。塔裡的窗戶不大，紅磚牆又厚重，待在裡面就像地洞一樣冷。時值第一次中日戰爭，其中一側的牆上掛滿了以當時來說相當罕見的戰爭油畫。畫裡有長得像狼一樣凶狠的日本兵，怒吼著挺出手中的刺刀，還有側腹被刺刀槍刺穿、雙手摀著噴血的傷口、臉和嘴唇發紫的垂死掙扎中國兵，以及留著髮辮的頭被斬下後像氣球一樣高高飛上天空的樣子，瀰漫著一股說不出的驚悚與血腥，在窗外微暗光線的照射下發出油光。我就這麼邊看著這些油畫，邊沿著蝸牛殼般團團轉的陰森石階，永無止盡似地往上爬。

屋頂只有八角形的欄杆，沒有牆壁，從走廊望出去的視野良好。一到了那裡，周遭瞬間明亮起來，只因剛才在陰暗的樓梯待太久，我不禁嚇了一跳。天空顯得很低，彷彿伸手就能抓到雲朵。環顧四周，整個東京的屋頂像垃圾般亂七八糟地擠在下方，品川的台場砲台看起來小得像一顆石頭。我強忍暈眩往下一看，觀音寺的拜殿好遠好低，見世物小屋的棚子更是小得像玩具，走在地面上的人只看得見頭頂和腳。

屋頂上，十多名遊客聚在一塊兒，邊露出膽怯的表情低聲交談，邊朝品川的海面望去。這時，我看見了哥哥，他一個人站在較遠的地方，眼睛湊在望遠鏡上，頻頻眺望觀音寺內各處。從他的正後方看過去，哥哥黑色天鵝絨的西裝在白色的朦朧雲朵襯托下顯得異常鮮明。從我的角度看不到塔底下雜亂的風景，因此，明知那是哥哥，卻總覺得站在眼前的是西洋油畫中的人物。此時他散發出一股神聖的威嚴，一時之間我竟不敢上前跟他說話。

不過，我隨即想起母親的吩咐，心知不能這樣下去，趕緊朝哥哥的背影走去。『哥哥，你在看什麼？』我這麼一問，哥哥便訝異地轉過身來，露出尷尬的表情沉默不語。我又說：『哥哥最近的樣子很怪，爸媽都好擔心，想不通你每天外出是上哪去，原來哥哥都到這裡來啊。能不能告訴我原因呢？我們平常那麼要好，至少可以向我透露吧。』幸好附近沒有旁

註18／類似馬戲班子巡迴演出的小房間，裡面展示的多為罕見、畸形的人類、動物或技藝等等。

人，我才得以在塔頂拚命說服他。

剛開始哥哥一直不願說明，在我反覆拜託之下，終於說動了他，他將這一個月來埋藏在心中的祕密告訴我。沒想到，哥哥煩悶的原因又是一樁令人費解的怪事。哥哥說，約莫一個月前，他爬上十二樓用望遠鏡眺望觀音寺內時，在人群中瞥見一個姑娘的臉。那個姑娘美得無法形容，是個只應天上有的美女，連向來對女人不感興趣的哥哥，只是在望遠鏡中看了她一眼，就激動得渾身發冷、意亂情迷。

當時哥哥只看了她一眼，就因為震撼而放開望遠鏡，想要再看一眼而朝同一個方向拚命找尋時，望遠鏡的前方卻再也見不到姑娘的身影。望遠鏡裡的事物看似近在眼前，實際上遠在天邊，茫茫人海中只見過一次的人，想再找到是很困難的事。

接著哥哥又說，他對在望遠鏡中看見的美麗姑娘難以忘懷。由於他是個非常內向的人，就這麼患起了老派的相思病。現代人聽了或許覺得好笑，可是當時的人是真的很老實。在那個時代，對擦身而過的女人一見鍾情，就這麼害了相思病的男人可說為數不少。不用說你應該也猜到了，哥哥拖著飯也沒好好吃的孱弱身子，悲哀地抱著那姑娘或許還會出現在觀音寺內的一絲希望，每天每天不辭辛勞地爬上十二樓，拿起望遠鏡尋找。戀愛的力量還真是教人難以想像。

哥哥對我坦承之後，再次睜大得了熱病般的眼睛，看著望遠鏡開始找尋。我深深同情哥哥，明知找到那姑娘的機會只有千分之一，仍不忍心要他就此歇手。因為太難過了，我含著滿眼淚水凝望哥哥的背影。就在這時候……啊啊，直到今日我仍忘不掉那妖異而美麗的情景。明明已是三十五、六年前的事，一旦閉上眼睛，那如夢境般迷離的色彩，依然鮮明浮現於眼前，歷歷在目。

正如剛才所說，我一直站在哥哥正後方，除了他之外只看得到天空和朦朧的雲朵，這般背景將哥哥穿西裝的清瘦身形襯托得彷彿一幅畫。每當雲朵飄動，看起來就像哥哥的身體飄浮在半空中。此時，灰濛濛的天空中突然宛如施放煙火般，爭先恐後地迸出紅色、藍色、紫色的無數彩球，冉冉上升。這麼說你可能不明白，那真像是一幅畫，又像是某種預兆，使我產生一種奇妙的心境。不明所以的我急著往下看，原來是賣氣球的小販不知為何不小心鬆了手，所有氣球一起飛向天空。當時和現在不同，氣球還是屬於非常稀奇的玩意兒，即使知道原來是氣球，我仍陷在那奇妙的心境之中。

巧的是，也不知道是否因為這件事，哥哥露出非常興奮的神情，蒼白的臉忽然漲得通紅，氣喘吁吁地跑過來，不由分說地用力拉起我的手說：『快走，否則就來不及了。』我被他拉著跑下塔裡的階梯，問他發生了什麼事，他說他看見當日那個姑娘，坐在鋪著簇新榻榻米的房間裡，現在趕去她應該還在原地。

哥哥說他看到的地方，是觀音寺拜殿後方一棵大松樹附近的寬敞房間。等我們兩人到了那裡，松樹是找到了，附近卻沒有稱得上是房子的房間，我們簡直像被狐仙戲弄了。我以為是哥哥搞錯了，看他一臉沮喪的樣子又實在教人同情，為了安撫他，就到一旁的幾個茶鋪子轉了轉、找了找，但仍沒看見他口中的姑娘。

就在這麼找尋時，我和哥哥走散了。待把所有茶鋪子找過一遍之後，我回到剛才那棵松樹下。樹下擺起了各種地攤，其中有個西洋鏡(註19)的攤子，老闆正刷刷甩著鞭子做生意。我走過去一看，哥哥半蹲在那裡，眼睛湊著窺伺孔拚命看著裡面的畫片。我拍拍他的肩膀問：『哥哥，你在這裡做什麼？』他嚇了一跳回過頭，直到今天我仍無法忘記當時哥哥的表情。該如何形容才好呢？他好似在夢遊般面無表情，眼神渙散地看著遠方，就連對我說話的聲音也顯得莫名空洞。他說：『我們在找的姑娘，就在這裡面。』

聽他這麼一說，我也急忙付了錢，湊近窺伺孔。箱子裡放映的是八百屋於七(註20)的故事。眼前的畫片正好映出吉祥寺書院中，於七靠在吉三身上的一幕。我永遠不會忘記，西洋鏡攤的老闆和老闆娘用鞭子打拍子，沙啞的嗓音唱著『輕促膝頭、眉目傳情』的台詞。啊啊，那句『輕促膝頭、眉目傳情』的特殊音調，彷彿在我耳裡生了根。

畫片上的人物以貼畫製成，想來作畫者必是這行的高手。於七美麗的臉龐栩栩如生，連我看著都覺得她是個活生牛的姑娘，也難怪哥哥會那麼以為。哥哥又說：『即使知道這位姑娘只是貼畫做出來的，我還是無法死心。說來悲哀，但我就是死不了這條心。只要一次也好，我真想像那個吉三一樣，成為貼畫中的男人，和那位姑娘說說話。』他站在西洋鏡前，怎麼也不肯動。仔細想想，為了讓西洋鏡裡的畫片得到充足的光源，放映時一定朝向十二樓屋頂的方向傾斜了。

當時天色已黑，人煙漸少，西洋鏡前只剩下兩、三個黃毛丫頭磨磨蹭蹭地捨不得走。從白天開始陰沉的天氣，日暮之後更是討人厭地不舒服。天上烏雲密布，感覺隨時都可能下起雨，悶得令人差點發狂。耳邊傳來太鼓般的隆隆雷聲，哥哥始終盯著遠方看，站在那裡一動也不動，這樣大概過了有一小時之久。

夜幕低垂，天色完全變暗，遠方雜耍藝人的大球上亮起漂亮的瓦斯燈時，哥哥彷彿大

註19／箱狀的裝置內有畫片，拉動畫片可形成動畫。外有裝了放大鏡的窺伺孔，觀眾將眼睛湊在窺伺孔上，即可看見內部放大了的動畫。

註20／八百屋是蔬果店。八百屋於七據說是真實存在的女性，為了見情人而放火，後來成為小說戲曲的題材。

夢初醒般眼神一亮。他抓住我的手，開口說出奇怪的話：『我想到一個好主意！你幫幫我，把那個望遠鏡反過來拿，大的鏡頭對準你的眼睛，從那裡面看我吧。』我問他為什麼要這麼做，他只說：『別問這麼多，做就是了。』我向來不喜歡鏡頭類的東西，望遠鏡也好、顯微鏡也好，看到遠方的事物突然近在眼前，或是細小昆蟲變成龐然巨物，感覺就像看到妖魔鬼怪，令我毛骨悚然。哥哥珍藏的這副望遠鏡，我也很少拿來看，正因為少看，更加認定那是一副具有魔力的器械。更別說天黑之後，連人臉上的表情都看不真切，又在這冷清寂寥的觀音寺後方，要我把望遠鏡倒過來拿，還要用它來看哥哥的臉，真不知該說是瘋狂還是可怕。可是，既然是哥哥的請求，我只得無奈照做。

因為反過來看的緣故，站在離我十多尺遠處的哥哥，看起來只有兩尺高。變小的哥哥，在黑暗中反而清楚浮現，其他景物都看不見，只有小小的、穿著西裝的哥哥站在鏡頭中央。哥哥自己大概也一步一步後退了吧，眼看他變得愈來愈小，最後成了一尺高的人偶高度。緊接著，我看見他的身影騰空，一轉眼便融入黑暗中。

我嚇壞了——你或許會笑我一把年紀了還這麼膽小，可是當時，我真的是驚嚇得寒毛直豎——眼睛迅速離開望遠鏡，嘴裡喊著『哥哥、哥哥』，朝他消失的方向跑去。不知道為什麼，到處也找不到他。他不可能在這麼短的時間內走遠，可是真的到處也找不到他。你知道嗎？我哥哥就此從這個世界上消失，再也沒有出現……從那天起，我對望遠鏡這個具有魔力的器械更加恐懼，尤其是這副來自異國船長，不知道曾經屬於哪國人擁有的望遠鏡。別的望遠鏡姑且不提，光以這副望遠鏡來說，我堅信不管發生什麼事也絕不能反過來看，否則一定會發生不祥之事。你剛才反過來拿的時候，我不是匆忙阻止你了嗎？就是出於這個緣故。

話說回當時，我找了好久也找不到哥哥，筋疲力盡地回到西洋鏡攤子前時，忽然驚訝地發現一件事。原來哥哥因為太愛貼畫上的姑娘，透過具有魔力的望遠鏡力量，把自己的身體縮得和貼畫上的姑娘一樣小，悄悄潛入貼畫的世界裡。我急忙拜託西洋鏡攤的老闆先別收攤，再讓我看一次吉祥寺書院那一幕。果然不出所料，哥哥成了貼畫，在投射燈的光線中取代吉三，一臉喜孜孜地抱著於七。

不過我一點也不難過，看到哥哥終於達成心願獲得幸福，甚至高興得流下眼淚。我和西洋鏡攤的老闆約好，不管那幅畫的價錢有多高，一定要將它賣給我。奇怪的是，老闆好像一點也沒發現畫中的雜役吉三變成穿西裝的哥哥。我飛奔回家，把所有事情告訴母親。父親和母親都說我瘋了、說什麼傻話，無論我怎麼說都不相信。這不是很好笑嗎？哈哈哈哈。」

說到這裡，老人像說著什麼滑稽事般哈哈大笑。奇怪的是，我也和老人有同感，跟著咯咯笑起來。

「他們不相信人會變成貼畫，可是後來哥哥就這樣失蹤了，這難道不是最好的證據嗎？即使如此，他們也只會做出離家出走之類完全不符合現實的臆測，真是好笑。結果，我好說歹說向母親要了錢，好不容易買回那幅畫。我從箱根帶著畫出發，一路旅行到鎌倉，那是我為哥哥舉行的蜜月旅行。每次像這樣搭上火車，我就會情不自禁想起那時候的事。當時，我也像今天一樣，把這幅畫立在窗邊，讓哥哥和他的戀人欣賞窗外的風光。哥哥不知道有多麼幸福，那個姑娘又怎麼可能拒絕哥哥的一片真心呢。兩人就像真正的新婚夫妻，含羞帶怯地紅著臉相互依偎、肌膚相親，對彼此傾訴濃情蜜意的甜言蜜語。

後來父親收起在東京的生意，搬回富山附近的故鄉，我也就一直住在那裡。三十多年後的今天，我想讓哥哥看看睽違已久而改變許多的東京，才又帶著他展開旅行。

令人傷心的是，無論畫裡的姑娘多麼栩栩如生，她終究不是真正的人，也永遠不會變老。可是，哥哥就不一樣了，儘管他變成貼畫，違背自然地改變外在形體，本質上仍是個有一定壽命的人類，和我一樣逐漸上了年紀。請看，曾是二十五歲美少年的哥哥，現在已是滿頭白髮，臉上也布滿皺紋。對哥哥而言，這又會是何等悲哀的事？心愛的姑娘永遠年輕貌美，只有自己變得又老又醜，說來真是可怕。哥哥的表情變得很悲傷，從好幾年前開始，表情一直是那麼痛苦。一思及此，我就忍不住對哥哥寄予深深的憐憫。」

老人黯然注視貼畫中的老人，不一會兒，又忽然想到什麼似地說：

「哎呀，不知不覺說了這麼多。不過，我想你一定能明白才是，不會像其他人一樣，認為是我的瘋言瘋語。若是如此，我說這番話也值得。我看哥哥他們累了，再說，聽到我對你說了這些，他們一定很難為情，不如趕快讓他們歇息吧。」

說著，他又用那塊黑色包袱巾包起貼畫。剎那間，不知是否是我的錯覺，貼畫裡兩人的臉似乎真的動了一下，浮現羞澀的神情，唇邊也彷彿對我露出一抹寒暄的微笑。

之後，老人一直保持沉默，我也不再開口。火車依舊發出喀噠喀噠的悶響，奔馳在黑夜之中。

約莫過了十分鐘左右，車輪聲緩下來，窗外開始出現零星燈火。火車停靠在山間一處不知名的小站，只有一名站務員孤零零地站在月台上。

「那麼，我先告辭了，今晚即將投宿此地的親戚家。」

老人抱著包袱裡的畫輕輕起身，留下這句招呼便下車。我朝車窗外望去，只見老人瘦高的背影（和貼畫上的老人如出一轍）走向簡易搭起的柵欄，把車票交給站務員，走進黑暗之中，就此消失了身影。

鏡子地獄

「想聽稀奇的事是嗎？聽聽這件事如何？」

當時，五、六個人聚在一起爭相發表自己所知的驚悚稀奇故事。友人K是最後一個說的，以這句話做為他的開場白。這故事究竟是K編的還是確有其事，事後我沒問過他，所以無法確定。不過，或許因為這是當天最後一個故事，又或許因為時值晚春，天氣陰得可怕，空氣沉重混濁得像是潛入深水底，不管是說故事的人還是聽故事的人都帶著一絲錯亂瘋狂的情緒，這個故事也異樣地在我心中迴盪。

故事是這樣的：

我有一個不幸的朋友，在此姑且稱之為「他」吧。不知從何時起，他得了一種奇怪的病，也許是祖先裡有人得過一樣的病透過基因遺傳給他。這話並不是憑空猜測，事實上，他家過去曾有過不知是爺爺還是曾祖父的長輩信奉基督教，留下一個藤箱，箱裡放滿老舊的外文書、聖母瑪利亞像、基督畫像等等。此外，一起放在箱子裡的還有像是會出現在《伊賀越的復仇》[註21]中那種上個世紀的望遠鏡、造型奇特的磁鐵，以及當時用荷蘭語或葡萄牙語稱呼的種種美麗玻璃器具。他年幼時，經常從箱子裡取出這些物件，當作玩具遊玩。

仔細回想，從那時起他就對能夠映現事物的東西，比方說玻璃、鏡頭、鏡子等，表現出近乎異常的愛好。證據就是，他的玩具不是幻燈機、望遠鏡、放大鏡，就是多角鏡、萬花筒，再不然就是湊在眼睛旁邊望出去時，能將人事物拉長拉扁的稜鏡玩具。

此外，我還記得少年時和他之間的一段往事。那天我去書房找他，只見桌上放著一個老舊的桐木箱，他手上則舉著一面看似古物的金屬鏡，就著日光在昏暗的牆上做出陰影。金屬鏡大概是從桐木箱裡拿出來的吧。

「怎麼樣？是不是很有趣。你看那個，這鏡子表面平滑，卻能在那裡映出一個文字，很奇妙吧？」

聽他這麼一說，我才驚訝地在牆上看見。儘管形狀有些破損殘缺，但白色的圓形中確實映出一個「壽」字，閃著白金般的光芒。

「好奇妙喔，怎麼辦到的？」

註21／人形淨琉璃或歌舞伎中的劇目。

眼前的景象太神奇了，還是孩子的我既好奇又恐懼，忍不住這麼問。

「你不懂嗎？那我告訴你吧，知道真相之後就沒什麼大不了啦。你看看這邊，這面鏡子背面是不是有個『壽』字浮雕？就是這個字透到正面去了。」

原來如此，正如同他的解釋，那面呈現青銅色的古鏡背面，確實有個氣派的浮雕字。可是，這個字是如何透到正面，又是怎麼弄出那個影子來的呢？我從各個角度觀察鏡子正面，怎麼看都是光滑的平面，照起來並不覺得臉凹凸不平。竟然能反射出那個字影來，真是奇怪，難道是什麼魔法？

「這不是魔法之類的喔。」

他看到我訝異的表情，便解說了起來。

「我是聽爸爸說的，金屬鏡這種東西和玻璃鏡不同，如果不經常打磨，鏡面很快會模糊。這面鏡子年代久遠，是我家代代相傳的東西，多年來不知道打磨過多少次。然後啊，每次打磨，背面有浮雕的地方和沒有浮雕的地方，金屬減少的程度會產生些許肉眼無法辨識的差異。厚的地方減少得多，薄的地方減少得少，驚人的是，就是這種肉眼無法辨識的差異，在反射之下形成那個字影。這樣你聽得懂嗎？」

聽完他的說明，原因姑且是明白了，可是，沒想到這表面平滑、照起來不覺得凹凸不平的鏡子，在反射作用下，竟會顯現如此明顯的凹凸陰影，其中的道理我終究無法明白，不由得產生一股如同窺看顯微鏡下世界時的奇妙恐懼感，令我背脊發涼。

關於這面鏡子的事，實在太不可思議，所以我記得特別清楚。不過，這也只是其中一個例子，總之他少年時代的遊戲，幾乎都是與這一類現象及事物有關。神奇的是，我似乎受到他的感染，直到現在，對於鏡頭、鏡片類的東西，仍比一般人更感興趣。

不過，他這個傾向在少年時代還不算太過分，上了中學、學習物理之後才變本加厲。大家都知道，物理學中包含鏡子相關的理論，他可說是一頭栽入其中。從那時起，他對鏡子等東西的瘋狂程度，已經可以用病態來形容。

說到這個我便想起一件事。有一次，課堂上教授了關於凹面鏡的課程，老師發下一面小小的凹面鏡，讓學生們傳著輪流照看自己的臉。當時我臉上長了嚴重的青春痘，隱約覺得這是與性慾相關的事，為此羞恥不已。我不經意地拿起凹面鏡一照，忍不住嚇得叫出來，因為在凹面鏡的影像中，我臉上的青春痘有如透過望遠鏡見到的月球表面，大得驚人。

看似小山丘的青春痘頂端如石榴般迸開，裡面凝著瘀黑的血珠，散發一股如同描繪殺戮場景的戲班招牌所給人的強烈震撼。或許我本來就對長滿青春痘一事感到羞愧吧，看到自己在凹面鏡裡的臉竟是如此可怕詭異，使我在往後的人生中，只要一看到凹面鏡，不管那是博覽會的展覽還是熱鬧的街頭表演，不管排隊等著看的人龍有多長，我一定嚇得逃開。

他則與我正好相反，凹面鏡傳到手中時，他不只不害怕，反而像是深深受到凹面鏡的吸引，發出整個教室都聽得見的驚嘆聲。那聲音聽起來實在太滑稽，當時只以眾人的大笑收場，然而在那之後，他便成為凹面鏡的俘虜，不但買了大大小小各種尺寸的凹面鏡，還搭配鐵絲及瓦楞紙做出複雜的機關，自得其樂。畢竟是打從心底深愛的嗜好，他確實擁有與眾不同的才華，總能做出別人意想不到的奇特裝置。不只如此，他還特地從國外買來魔術技巧的書。直到現在想來仍覺得不可思議的是，有一次我造訪他的房間時，驚訝地看見他完成一項名為「魔法紙鈔」的裝置。

那是個兩尺立方的四方形瓦楞紙箱，前方挖了一個類似建築物出入口的洞，五、六張一圓紙鈔插在那裡，像是插在信插裡的明信片。

「你試著拿起鈔票看看。」

他把箱子捧到我面前，一副若無其事的樣子要我拿起紙鈔。我不明就裡地照辦，伸出手想拿起紙鈔，匪夷所思的是，明明就在眼前的紙鈔，伸手去拿時卻像一陣煙似的摸不著。我從來沒有這麼驚訝過。

「咦？」

見我一臉詫異，他才感到好笑似地笑了起來。根據他的說明，那是英國還是哪裡的物理學者想出來的一種魔術，說穿了，就是利用凹面鏡的原理。機關的細節我記不清了，總之是將真正的紙鈔放在紙箱底部，上面斜擺一面凹面鏡，箱子內部裝上電燈，讓光線照在紙鈔上。只要調整凹面鏡焦點與物品的距離、角度，就能讓影像成功出現在想要的地方。紙鈔正好出現在箱子口，就是利用這樣的理論。如果用的是普通鏡子，看起來絕對不會像真正的紙鈔；神奇的是，只要使用凹面鏡，便能呈現出近乎實像的成果。就我看來，那裡真的像是有好幾張紙鈔。

他對鏡面與鏡頭的異常嗜好就這樣不斷加深。中學畢業後，他也不升學，主要是父母對他太過寵溺，只要是兒子說的話，他們幾乎都會答應。

他在畢業之後，似乎以為自己是個大人了，在家中庭院的空地蓋了一間實驗室，鎮日埋首其中，發展他那不可思議的嗜好。

過去白天還要上學，無法自由運用時間，這個嗜好也就沒有發展得那麼誇張。現在可好了，他把自己從早到晚關在實驗室裡，「病情」更是以驚人的速度惡化。他本來就沒有什麼朋友，畢業後，世界更是只剩下那小小的實驗室，他哪裡也不去。探訪他的人愈來愈少，到最後，會去那間房看他的人，除了他的家人之外，只剩下我一個。

即使如此，我也很少去看他，偶爾去的時候，總會發現他的「病情」愈來愈嚴重，到了近乎瘋狂的地步。目睹這樣的他，我不禁一陣膽寒。雪上加霜的是，那年流行的感冒不幸奪走他雙親的性命，現在他不但已不需顧慮任何人，還繼承了龐大的遺產，更能隨心所欲地從事他奇妙的實驗。還有一點，年過二十之後，他開始對女人產生興趣。原本就擁有如此特異嗜好的他，在情慾方面也非常變態，這份變態與天生對鏡像的嗜好兩相結合，可謂相得益彰，同時催化了兩者的程度，也釀成可怕的後果，那就是我今天要說的故事。不過，在進入正題之前，我想先舉兩、三個例子，讓各位明白他的病有多嚴重。

他家位於山手地區的高地上，剛才說的實驗室就設在寬廣庭院的一角，放眼望去，整個城裡的屋頂都在眼下一覽無遺。起初，他把實驗室的屋頂做成天文台的樣子，架設一具相當高級的天文望遠鏡，沉溺在星空中。那時他藉由自學，按部就班地習得基礎的天文學知識。然而，這種平凡的嗜好無法滿足他，接著他又在窗邊架設倍率極高的望遠鏡，從各種角度偷窺眼前看得見的家家戶戶。他從敞開的門窗窺看室內，享受罪孽深重的祕密樂趣。

那些人家有的築有圍牆，有的後門與其他人家相對，當事人壓根兒沒想到家中會被人看見，又怎麼會想到有人正從遠處的山上拿望遠鏡偷窺。於是，那些人在自家中的種種祕密、為所欲為的舉止，都遭到他光明正大地窺看，宛如就發生在眼前。

「只有這件事，我無論如何也停不下來。」

他這麼說，把站在窗邊用望遠鏡偷窺一事視為無上的樂趣。仔細想想，那毫無疑問是一種非常有趣的惡作劇。有時他也會讓我湊近望遠鏡窺看，那些偶然發生的奇妙事件，甚至是令人臉紅心跳的畫面，亦曾透過鏡頭呈現在我眼前。

除此之外，他還擁有名為潛望鏡的裝置。那是一種能讓身在潛水艇中的人眺望海面上的東西。利用這個裝置，即使不出房間，他也能在對方完全沒有察覺的情況下偷看傭人們——特別是年輕女傭——的私人房間。他還會用放大鏡或顯微鏡之類的東西觀察微生物，最奇特的是，他養了跳蚤之類的蟲子，並用低倍率的顯微鏡觀察牠們爬在自己身上吸食血液的樣子；又或是把一樣的蟲子放在一起，看同性打架、異性相親。其中最噁心的，他也讓我看過一次，明明是從來不當一回事的蟲子，模樣卻變得十分可怕。他先將那隻跳蚤弄得半死不活，再把牠痛苦掙扎的模樣放得非常大。用五十倍的顯微鏡觀察時，整個視野裡只有那一隻跳蚤，從口器到足爪，甚至身上的每一根細毛都看得一清二楚。打個奇妙的比方，那跳蚤看起來和野豬一樣大，躺在紫黑色的血泊中（其實只有一滴血，看起來卻成了一片血海），半邊背部被壓爛了，手腳徒然揮舞，口器盡可能伸長，面目猙獰，我彷彿能聽見牠正發出臨死前的哀號。

這些瑣碎的小事一說起來就沒完沒了，請容我大部分都略過不提。總之，實驗室剛蓋好時的單純嗜好，隨著歲月流逝而變本加厲，有一次甚至發生下面這樣的事。

那天我去實驗室看他，推開門時並未多想，一進門卻發現不知為何百葉窗緊閉，室內一片昏暗。正面的牆上（沒記錯的話應該是一面將近六尺見方的牆），有個東西正在微微蠢動。我以為是錯覺，揉了揉眼睛再看一次，果然有東西在動。我僵立在門口，屏氣凝神地盯著那怪物。漸漸地，原本像是一團霧的東西清晰了起來，我看到一大叢黑色針狀的草叢，下面是臉盆大的眼睛骨碌轉動，茶褐色的虹膜中有著小河般的血管，這一切就像沒對焦的照片般模糊，卻又看得莫名清楚。還有宛如棕櫚樹的鼻毛、洞穴似的鼻孔、整整有兩張座墊那麼大的兩片血紅雙唇，中間露出瓦片大的白牙。換句話說，是一張充滿整個房間的人臉，而且活生生地蠕動。從安靜的動作和貨真價實的色澤即可明白，那絕非電影之類的影像。與其說是噁心、恐懼，不如說我懷疑起自己是否精神錯亂，忍不住發出驚叫聲。結果──

「別怕，是我、是我啦。」

另一個方向傳來他的聲音。令我猛地跳起來的原因，是那牆上怪物的唇舌動作，正好與他說話的聲音相符，臉盆般的眼睛也同時展現笑意。

「哈哈哈哈……如何？好玩吧。」

房間忽然亮起來，他從另外一間暗室現身。不用說，牆上的怪物也同時消失。各位應該想像得到大概是怎麼一回事，就是所謂的實物投影——在鏡子與鏡頭及強光作用下，將實物投影出來，有些兒童玩具也應用了一樣的原理。他利用此一原理加上自己的創意，製作一個異常巨大的裝置，把自己的臉投影在牆上。說穿了雖然沒什麼，但看到時真是相當驚人。總之，他的興趣就是做這種事。

還有一次也發生類似的事，只是更加不可思議。這次的房間並不昏暗，也看得到他的臉就在眼前，奇怪的是，在一個用參差不齊的鏡子組成的裝置前，只有他的眼睛突然變得像臉盆一樣大，「碰」地彈出來懸在我面前。我被這東西嚇一大跳，彷彿親眼目睹一場惡夢而縮起身子，差點以為自己活不成了。不過一旦說穿了，這手法和先前提到的魔法紙鈔一樣，只是利用許多凹面鏡來放大影像罷了。話說回來，就算知道理論上辦得到，也因為得花上許多時間和金錢，根本沒有人會做這種蠢事，要說是他的發明倒也無可厚非。只是該怎麼說呢，一路看他做了許多事，在我心中他愈來愈像是令人恐懼的怪物。

這件事過後，又過了兩、三個月時，大家知道他這次又做了什麼嗎？他在實驗室中隔出一個小空間，上下左右都貼滿鏡子，也就是弄成俗稱的「鏡之屋」。包括門在內，這個空間的一切都是鏡子。他會帶著一根蠟燭獨自進入其中，在裡面待上很久，誰也不知道他為什麼要這麼做。不過，我大概能想像他在裡面看到的是什麼樣的景象。他肯定是站在這個上下左右、四面八方全貼上鏡子的房間中央，讓鏡子無止盡反射出自己身體的每個部位，那感覺一定像無數和他長相一模一樣的人紛紛湧現吧。這情景光想就令人不寒而慄。我年幼時，曾在八幡不知藪的見世物小屋中有過類似的體驗，雖然只是形式相近的東西，但連那樣濫竽充數的裝置都能令我心生恐懼。正因為有過那次的經驗，我大概知道鏡之屋是什麼樣的地方。曾有一次他邀我進入實驗室裡的鏡之屋，但我堅持拒絕，打死也不願意進去。

很快地，我知道他不再一個人進入鏡之屋。除了自己，他還帶心愛的女傭一起進去。這個女傭其實也是他的情人，當時是個十八歲的美麗姑娘。

「這女子只有一個優點，就是身上有許多深濃的陰影。她的容貌尚可，皮膚很滑嫩，肌肉像海生哺乳類般富有彈性，但是比起這些，最美的還是她身上深邃的陰影。」他總是把這話當口頭禪似地掛在嘴邊。

就這樣，他帶著那個姑娘一起進入鏡之國度玩樂。由於鏡之屋是在緊閉的實驗室中隔出的房間，實驗室外的人完全無法窺見。我聽聞他們有時甚至能在其中待上超過一個小時。當然，他更常把自己一個人關在鏡之屋裡。有時他實在進去太久，又沒發出一絲聲響，使傭人們擔心得上前敲門。我還聽說有一次發生了門突然打開，全身赤裸的他跑出來，一句話也不說地逕自朝主屋走去的怪事。

約莫從那時起，原本就不是很健康的他，變得一天比一天憔悴。然而，與肉體的衰弱成反比，他異樣的病態日復一日地茁壯。他投入龐大的經費，收集各種形狀的鏡子，有平面、凸面、凹面、波浪狀、筒狀等等。真虧他收集得到這麼多奇形怪狀的鏡子。不斷增加的鏡子幾乎占據整座寬敞的實驗室。不只如此，令人驚訝的是，他在廣大的庭院中另外興建一座玻璃工廠，生產的玻璃皆出自他獨創的設計，有些獨一無二的特殊製品，找遍全日本也找不到同樣的東西。玻璃技師與工匠都是他千挑萬選來的，為了做這些事，他甚至不惜投入剩下的全部家產。

不幸的是，他身邊沒有能提供意見的親戚。傭人中或有看不下去的人出言勸諫，但都立刻遭他解僱，剩下的盡是貪圖高薪的卑劣傢伙。到了這個時候，身為他在這世上唯一的朋友，我無論如何也得想辦法讓他冷靜下來，制止他繼續這般無謀的行徑。我當然嘗試過好幾次，可惜瘋狂的他完全聽不進去。再者，他做的也不算什麼壞事，用的又是自己的財產，旁人實在沒辦法多說什麼。我所能做的，只是提心吊膽地看著他的財產和生命日漸消失。

也因為這樣，從那時起，我開始頻繁造訪他家，心想至少要監視他的行動。因此，就算我不想看，也在那實驗室中看了許多令人眼花撩亂的魔術。那真可說是個驚人的詭異幻想世界。隨著他的病態達到頂點，不可思議的天分也毫不保留地充分發揮。那些怪異而美妙的光景，猶如走馬燈般變換著，彷彿不屬於這個世界。即使我搜腸刮肚，仍找不出足以形容當時見聞的言語。

除了外面買來的鏡子，若還有不足，或是買不到他想要的形狀，就用自家玻璃工廠生產的鏡子補足，如此將他腦中的夢想一一實現。有時，實驗室內會出現只有他的頭，或只有身體，或只有腿飄浮在空中的光景。不消說，那只是在房裡斜斜擺上一面巨大的平面鏡，上面打一個洞，從中伸出頭或手腳的把戲。換句話說，就是魔術師常用的老套手法。然而，當做這件事的人不是魔術師，而是我那病態又認真的朋友時，內心不免產生異樣的情感。

有時，整個房間裡放滿了凹面鏡、凸面鏡、波浪鏡與筒狀鏡，他站在中央瘋狂跳舞，身影時而巨大、時而渺小、時而細長、時而平坦、時而扭曲，有時只出現胴體，有時是頭連接著頭，有時一張臉上有四隻眼睛，有時雙唇朝上下無限延伸，有時身體縮得其小無比，有時影子與影子重疊交錯，景象紛亂雜沓，儼然狂人的幻想。

有時，整個房間化為一個巨大萬花筒，在機關的作用下，發出喀啦喀啦的聲音旋轉。以長達數十尺的鏡子拼成的三角筒中，塞滿從整間花店搜刮而來的花朵，千紫萬紅，宛如吸食鴉片後見到的幻覺，一片花瓣就有一張榻榻米那麼大，而幾千幾萬片花瓣像是五色彩虹，又像極地裡的極光，排山倒海而來。在這之中，幻化為大入道妖（註22）的他的裸體則如同月球表面，暴露出巨大的毛孔，狂亂地手舞足蹈。

此外還有許許多多驚人的可怕魔術，全都不亞於上面所舉的例子。看到那些魔術的瞬間，就算有人因此昏厥或盲口也不誇張。姑且不論憑我的能力無法表達那種魔界之美，就算像前面這樣說了，又有誰會相信？

在那樣的狂亂狀態持續下，他最後終於走上悲哀的毀滅之途，我最親近的朋友真正發瘋了。在那之前，就算他的所作所為絕對稱不上正常，但那樣瘋狂的行徑，也只限於一天之中的少數時間，其他多數時候，他仍過著正常人的生活，不但會讀書，也會拖著日益消瘦的身體走進玻璃工廠監督指揮；和我見面時，亦能一如往常對我侃侃而談那些不可思議的唯美想法，看不出一點異常。我怎麼也料想不到，他竟會走上那樣悲慘的末路。若不是棲息於他體內的惡魔所為，就是耽溺於魔界之美的他激怒神明而受到懲罰吧。

某天早晨，他家傭人急急忙忙跑來叫醒我。

註22／一種日本妖怪，以巨大僧人的形象出現。

「大事不好了，太太請您現在過去一趟。」

「大事不好？怎麼回事？」

「小的也不清楚，總之，能否請您趕緊過去一趟。」

我和傭人都急得臉色發白，連珠砲似地如此一問一答後，我匆匆忙忙趕往他的宅邸。地點果然是在實驗室，我衝進實驗室裡，包括那個現在被稱為「太太」的女傭在內，好幾名傭人不知所措地站在那裡，盯著一個奇妙的物體。

那個物體是顆大圓球，比街頭藝人表演平衡特技的球還要大上一圈，外面貼著一層布，放在收拾得乾乾淨淨的寬敞實驗室中，彷彿有生命一般左右滾動旋轉。更可怖的是，內部似乎還傳出不知是人或動物發出的咻咻聲，分不出是笑聲還是低吼。

「到底發生什麼事？」

我抓住那個女傭，只能這麼問。

「我也一頭霧水。老爺好像在裡面，可是，這麼大一顆球到底是什麼時候做出來的，我一點頭緒也沒有。雖然想伸手摸摸看，卻又覺得害怕……剛才我試著叫了幾次，但裡面的回應只有奇怪的笑聲。」

我邊聽她回答，邊不假思索地靠近大球，調查聲音從何傳出。我輕易地發現球體表面有兩、三個看似透氣孔的小洞，試著把眼睛湊上去，戰戰兢兢地窺看大球內部後，只見一陣刺眼的奇妙光芒，除了感覺到有人在裡面蠢動，並聽見詭異而帶點瘋狂的笑聲之外，一點也看不清球內的情況。我試著喊了兩、三次他的名字，還是無法確定對方到底是不是人。

然而，盯著滾動的球體看了一會兒後，我忽然發現表面有一處奇妙的四方形切割縫。看來，那就是進入球內的門。我試著壓壓看，雖然發出喀噠喀噠的聲音，門上卻沒有把手，無法將門拉開。仔細一看，表面留有一個金屬零件造成的小洞，似乎是安裝過門把的痕跡。我猜想，或許是人進入球中之後，不知怎地弄掉了把手，結果不管是從外面還是從裡面都無法把門打開。若真是如此，那個男人恐怕已經被關在球內一個晚上。

門把或許就掉在旁邊，我環顧四周，果然不出所料，一個圓形金屬零件掉在房裡的某個角落，拿來與剛才發現的小洞比對，尺寸恰好可以插進去。麻煩的是，門把既已折斷，就算現在插回洞內也無法把門轉開。

話說回來，即使如此事情還是很奇怪。被關在球裡的人為什麼不向外呼救，只是發出咯咯笑聲呢？

「難道……」

我忽然驚覺一事，不由得臉色發青，無法再做任何思考。只能破壞這顆大球了，這是唯一的辦法，當務之急是救出裡面的人。

我不假思索地衝向玻璃工廠，撿起一把大鎚子，再折返原本的房間，舉起鎚子用力朝大球敲下。令人驚訝的是，球內似以玻璃製成，隨著可怕的哐啷聲，大球碎裂成一片片。

從裡面爬出來的，毫無疑問是我的朋友，我果然沒有料錯。可是，在這短短的一天中，人類的長相竟能產生如此巨大的變化嗎？到昨天為止，他雖然身體虛弱了不少，但那張因神經質而總是緊繃的臉，看來多少有點威嚴。如今，他卻像死人一般，臉上肌肉完全鬆弛，頂著一頭蓬亂的頭髮，布滿血絲的眼睛異樣空洞，恍惚地張著嘴咯咯怪笑。這副模樣教人不敢再看第二眼，即使是備受他寵愛的女傭也嚇得退後好幾步。

不消說，他已經瘋了。可是，到底是什麼致使他發瘋？他不是個只因被關在球裡就發瘋的男人。再說，那顆奇怪的球是為了何種目的做出來的？他又為什麼會進入其中？在場所有人都不清楚關於那顆球的事，我猜想，大概是他命令工廠祕密進行的吧。他到底想用那顆大球做什麼？

他在房內四處遊走，不斷怪笑。女傭終於鎮定下來，哭著抓住他的袖子。在這異樣的騷動中，玻璃工廠的技師不知情地來上工。我抓住技師，無視他的驚訝，接二連三丟出種種疑問。在此，將技師回答的內容大致整理如下：

好一陣子之前，他暗中要求技師們做出一個厚度三分、直徑四尺的中空玻璃球。技師們祕密趕工，終於在昨晚完成這顆球。當然，技師並不知道球的用途，只是按照他不可思議的吩咐，在外側塗上水銀、內側裝滿鏡子，並在球內幾處安裝強光小電燈，再在表面上開一個供人進出的門。完成之後，他們於昨夜將玻璃球搬進實驗室，把小電燈的電線接上室內燈，將球交給主人之後就回家去了。之後發生什麼事，技師都不知道。

我讓技師離開，將發狂的他託給傭人們照顧，邊望著散落一地的奇怪玻璃碎片，邊試圖解開這件怪事之謎。和玻璃碎片大眼瞪小眼了許久後，我終於發現，他一直窮盡智慧嘗試各種鏡子裝置並從中獲得樂趣，最後想出來的，或許就是這顆大玻璃球吧。為的是要讓自己進入其中，看看裡面的鏡子映出的到底會是多麼奇妙又不可思議的景象。

可是，為什麼這會導致他發狂呢？不，在那之前，他在玻璃球裡究竟看到什麼？一想到這裡，剎那間，像是有一把冰棒貫穿我的脊髓中心。這超乎世間常識的恐怖，使我連心臟都結冰。他進入玻璃球後，在小電燈的閃爍光芒中，只看了一眼鏡中的自己就發狂了嗎？還是想逃出玻璃球時，不小心弄斷門把，想出來卻出不來，在狹窄的球體內體驗了瀕臨死亡的痛苦，因此才發狂嗎？答案一定就在這兩者之中吧。那麼，是什麼令他恐懼到此種地步？

那終究是人類無法想像的境界。在這個世界上，他可能是唯一進過球體鏡中的人。球壁上映出什麼樣的景象，恐怕連物理學家都不可能計算得出來。說不定，那是我們連做夢都不被允許看見的，人類無法體驗的恐怖與顫慄。那是全世界最可怕的惡魔世界吧。在那面鏡子裡，映出的他已不是他，肯定是另一種東西，我無法想像那究竟是何等景象。總之，那一定是足以令人發狂的東西，將他的極限、他的宇宙重重包圍。

我們唯一勉強可以做到的，是試著把對球體一部分的凹面鏡的恐懼，延伸為整個球體。各位一定知道凹面鏡有多麼令人恐懼吧。那種彷彿把自己放在顯微鏡下窺看的惡夢般世界。而球體裡的鏡子便像無數相連的凹面鏡，包圍我們全身。光是這樣，就已經比單獨的一面凹面鏡可怕好幾倍、好幾十倍。只是這麼想像，我們就害怕得寒毛直豎了。那顆球體內部形成的是凹面鏡團團包圍的小宇宙，不是我們的世界。那一定是個不一樣的國度，或許是屬於狂人的國度。

我那不幸的朋友，因為對鏡頭及鏡子極度狂熱，追求一個不該追求的極端境界，可能因此觸怒神明或敗給惡魔的誘惑，終於導致自身的毀滅。

後來，他在發瘋的狀態下離開人世，事實的真相也隨著他的死永遠埋葬。他在鏡球內部究竟發生了什麼事，最後導致自身毀滅的下場，直到現在我仍無法放棄想像。

帕諾拉馬島綺譚

一

即使同為M縣的居民，或許還是很多人沒發現，I灣面臨太平洋的地方，也就是S郡南端，有個直徑二里左右，狀似倒扣綠色饅頭的小島，漂浮在遠離其他島嶼的位置。那現在幾乎已成了無人島，除了附近漁夫偶爾心血來潮上去看看，其他人對這座島可說不置一顧。畢竟小島孤立在海角外波濤洶湧的海面上，除非是特別風平浪靜的日子，否則小漁船想靠近也會有危險；再說，那並不是一個教人甘冒危險也想上去的地方。

當地人稱這座島為「沖之島」。不知何時起，整座島成為居住於T市的M縣首富菰田家的財產。過去隸屬菰田家的漁夫中，有幾個嗜好異於常人的傢伙在島上蓋了小屋居住，也設置了曬網場和儲藏室等等。不過，這些東西幾年前全都撤光了。當時，島上展開不可思議的工程，幾十個挖土工人、園丁等成群結隊，每天搭乘特製汽船到島上會合。

各種不知從何處運來的巨岩、樹木、鋼筋、木材以及無可計數的水泥桶，陸陸續續被搬到島上。一個目的不明，分不清是造園還是蓋屋的建設工程，就這樣在島上展開。

沖之島對岸的村莊，在當時不僅看不到政府鋪設的鐵路，連私設的輕便鐵軌或公共汽車之類的交通工具都沒有。島嶼對面的海岸只有幾個不到百戶人家的貧困小漁村零星分布，漁村與漁村間聳立無人通行的斷崖，說起來就是個遠離文明世界的荒郊野外。因此，即使島上展開如此詭異的大工程，傳聞也僅在漁村與漁村間流傳。隨著傳聞的散播，內容不知不覺變成鄉野傳說，就算真的傳到附近的大都市，頂多寫成地方報紙上喧騰一時的社會新聞，不會引起太大注意。只是，若是換成首都附近發生了這種事，肯定會引起軒然大波。島上的工程就是如此奇特。

住在附近的漁夫難免覺得好奇。究竟有什麼必要、為了什麼目的，不惜耗費巨資在那座無人造訪的離島上大興土木、挖土植樹、砌牆造屋呢？難不成菰田家的人有奇怪嗜好，想搬到那座交通不便的小島上居住？若說是要在那種地方蓋一座遊樂園，想想還是不合理。最後甚至出現傳聞，盛傳菰田家的當家已經發瘋。

之所以出現這種傳聞是有原因可循。菰田家的當家原本就患有癲癇的宿疾，病情嚴重，聽說不久前曾傳出死訊，還舉行一場在這一帶造成轟動的盛大葬禮。沒想到當家之後又匪夷所思地復活了，不只如此，復活之後的當家性情丕變，不時做出脫離常軌的奇妙舉動。這類謠言附近每個漁夫都知道，大家在懷疑，這次島上的工程，或許和這件事脫不了關係。

總之，在眾人疑惑中展開的工程，消息倒是未沸沸湯湯地傳進首都，在菰田家當家的直接指揮下順利進行。過了三、四個月，一座環繞全島、宛如萬里長城般的異樣土牆完成了，牆內有水池、河流、山丘、谷壑，中央蓋起一棟以鋼筋水泥打造而成的不可思議巨大建築。

那幅光景有多麼光怪陸離，壯麗的程度又是何等罕見，之後還有機會為大家說明，在此先行省略。島上的工程若是全部完成，不知會形成多麼美妙的景觀。即使現在島嶼已經荒廢，有心人士一定能從殘存的景色中推敲得知。不幸的是，在偉大的工程即將竣工之際，發生了一場出乎意料的意外，工程就此中止。

真正的原因是什麼，只有少數人知道。不知為何，這件事自始至終都在祕密中進行。外人知道的，只有工程中止前後，菰田家夫人與當家相繼去世。不幸的是他們之間未有子嗣，島上的遺跡只能由親戚繼承。至於他倆的死因也有各種傳聞，然而那充其量只是傳聞，無人能證實，也就未能引起相關單位的注意。

在那之後，那座島必定仍屬於菰田家所有，只是工程既已荒廢，再也無人造訪，遭到棄置的人工森林與花園幾乎失去原本的姿態，成為一片荒煙蔓草。鋼筋水泥打造的奇異大圓柱暴露在風吹雨打中，難以維持原形。搬運那些樹木、石材到島上時，著實耗費了相當龐大的費用，現在即使想搬回首都轉賣，光是運費就不划算，因此，縱然工程已經中止，島上的一木一石仍留在原本的地方。若各位不嫌旅途不便，只要造訪M縣南端，橫渡那片不平靜的海洋抵達沖之島，至今肯定仍能看見那片不可思議的人工風景遺跡。

乍看之下，那只不過是一座非常宏偉的庭園，但是，說不定有人能從中察覺這裡曾展開一項極端異常的計畫，又或是從中感受到所謂的藝術氛圍。與此同時，這個人或許也會被島上湧出的近乎怨念的陰氣感染，遭到某種戰慄襲擊。

在那裡發生過的，其實是一段令人難以置信的故事。其中部分情節在熟悉菰田家的人之間已是公開的祕密，然而最重要的核心部分，卻是世上只有兩人知情的離奇故事。如果各位願意相信我的敘述，願意把這個荒誕無稽的故事聽到最後，就讓我來揭曉這個祕密吧。

二

故事的開端，必須從與M縣距離遙遠的東京說起。

位於東京山手的學生街上，有一棟學生街特有的簡陋寄宿公寓，名叫友愛館。友愛館裡最簡陋的一間房，住著一個名叫人見廣介的古怪男人。此人說不上是書生（註23）或是無業遊民，年紀看起來已經超過三十歲。沖之島上展開大工程的十幾年前，他從一所私立大學畢業，之後也不去找工作，但又沒有特定收入，過著房東見了愁、朋友見了躲的生活。最後，在大工程動工的一年前左右，他輾轉流落到這棟友愛館住了下來。

他宣稱自己畢業於哲學系，其實根本沒上過幾堂哲學相關的課；某一時期曾沉迷於文學，購入大量文學相關書籍後，興趣又出現一百八十度的轉變，跑去建築系的教室專注旁聽。不只如此，他也曾一頭栽進社會學、經濟學等領域，之後又買了油畫的畫具，學人畫起油畫。此人興趣雖然廣泛，偏偏生性容易厭倦，任何一門科目都未學出個成就，教人想不通他到底是怎麼順利畢業。若說他真的從中學到什麼，那肯定不是學問的正道，而是所謂的邪道，都是些偏頗的東西。畢業超過十年後，他至今仍未曾就職，過著渾渾噩噩的日子。

說到底，人見廣介根本無意找一份正式工作，和一般人一樣好好過日子。事實上，他在尚未體驗世界時，便已厭倦這個世界。

其中一個原因，或許與他的體弱多病有關，又或是青年期之後的神經衰弱導致。他總是提不起勁做任何事，對他而言，人生的一切只要在腦中想像便已足夠，一切都「沒什麼大不了」。因此，他整天只是躺在骯髒的公寓打滾，做著各種在現實生活中打拚的人都未曾經驗的夢。一言以蔽之，他就是個極端的夢想家。

那麼，他置世上一切於不顧也要追尋的，究竟是什麼樣的夢想呢？原來，他追尋的是自己從細節開始設計的理想國、烏托邦。

打從還是學生時，他就對柏拉圖以來的數十種理想國、烏托邦故事深感興趣，耽溺於閱讀此類作品。那些作品的作者將不可能實現的夢想寄託於文字，傳頌於世，藉以獲得內心的慰藉。人見廣介想像他們的心情，從中獲得共鳴，也為自己的心帶來幾許慰藉。

註23／主要指明治、大正時期，借住他人家中幫忙家事的讀書人。

在這些作品中，他對政治或經濟相關的烏托邦幾乎沒有興趣。擄獲他的，是那些彷彿人間樂園、充滿美好與夢想的國度，這才是人見心中的理想國。因此，比起卡貝的《伊加利亞旅行記》，他更喜歡莫里斯的《烏有鄉消息》；但比起莫里斯，愛倫坡的《阿恩海姆樂園》又更加吸引他。

一如音樂家用樂器、畫家用畫布與顏料、詩人用文字創造種種藝術，他唯一的夢想，是用大自然的山川草木為材料，以那些擁有生命，每小時每分每秒都在成長的一石、一木、一花，甚至是當場飛過的飛鳥、生長其中的野獸與昆蟲為材料，完成他那天馬行空的偉大藝術創作。神明創造的大自然無法滿足他，他想做的是依據自己的個性隨心所欲改變、美化，藉此展現自身獨創性的偉大藝術理想。換句話說，他想成為神，創造屬於自己的大自然。

根據他的想法，藝術這種東西若換個角度想，其實是人類對自然的抵抗，因為不滿於原本的現狀，而欲加入每個人的獨特性。所謂的藝術表現，其實就是這樣的慾望。舉例來說，單純的風聲、海浪聲與蟲鳴鳥叫聲無法滿足音樂家，所以他們才致力於創造出屬於自己的音色；同樣的，畫家的工作也不是百分之百據實畫出模特兒的外觀，而是加入自己獨特的創意去修改、美化；更不用提詩人，他們的作品絕非單純的報導或記錄事實。

然而這些藝術家們，為什麼寧可選擇樂器、畫具、文字這些間接又沒有效率的麻煩手段，而且能就此滿足呢？為什麼不直接拿大自然當作樂器、畫具、文字來運用？那並非完全不可行，現成的例子就是造景技術和建築技術，不也在某種程度上運用了大自然，並加入創意修改、美化嗎？為什麼不更上一層樓地發揚光大，使其成為更偉大的藝術呢？人見廣介總是抱持著這些疑問。

因此，比起剛才舉例的各種烏托邦故事，比起那些虛構的文字遊戲，人見認為更實際的，反而是古代帝王們（主要是暴君）的種種豐功偉業，其中有些在某種程度上看來，更加實現了與他相同的理想，更是無數倍地吸引他。比方說，埃及的金字塔與人面獅身像、希臘羅馬的城郭建築與宗教氣息濃厚的都市、中國的萬里長城與阿房宮、日本飛鳥時代以來的佛教大建築、金閣寺、銀閣寺等等。不只欣賞這些建築物，人見更會去想像創造這些建築的英雄們烏托邦式的心情，胸中激昂不已。

《若上天賜予我巨富》。

這是某個烏托邦作品的作者使用過的書名，人見廣介也時常發出相同的喟嘆。

「如果我能得到一大筆花也花不完的錢財就好了。首先買下一塊廣大的土地，該選哪裡好呢？再僱用幾千幾百個人，打造我日思夜想的人間樂園、美麗國度。」

一下這樣計畫、一下那樣計畫，妄想在腦中漫無邊際地膨脹。一旦起了頭，人見廣介總得在腦中描繪出整個完美的理想國才肯罷休。

然而回過神來，那些夢想中的規劃，到頭來不過是一場白日夢、一座空中樓閣，現實中的他過著令人不忍卒睹，往往連當天能否填飽肚子都不確定的日子。人見廣介只不過是一介窮書生，就算窮盡一生之力，費盡心血努力工作，說不定還連區區幾萬圓也存不起來。

那些夢想畢竟只是「痴人說夢」，這輩子只有在夢中才能沉醉於絕頂的美景，一旦對照現實世界，立刻知道自己有多麼悲慘。日復一日，只能在骯髒公寓裡僅有四疊半榻榻米大的房間裡，過著枯燥乏味的生活。

像他這樣的男人，多半選擇走上藝術的道路，至少能在那裡找到讓心靈歇息的所在。然而，也不知是否出於命運的捉弄，就算他真的具備藝術傾向，最現實的問題是，除了剛才所說的那些夢想，沒有其他藝術能引起他的興趣。此外，他或許也不具備那樣的才能吧。

假使他的夢想真能實現，肯定是舉世無雙的偉大事業、偉大藝術。正因如此，也難怪沉浸在這夢想國度中的他，會認為這世上的所有事業、娛樂甚至是藝術，都毫無價值。

不過，即使是對一切事物不感興趣的他，為了生活，還是多少得做些工作。從學校畢業後，他以便宜的酬勞接案翻譯，不時寫寫童話或成人小說投稿雜誌社，勉強混口飯吃。

剛開始，他對寫作還算有點興趣，認為這正好像古來烏托邦故事的作家們一樣，以文學形式發表自己的夢想，內心藉此獲得少許慰藉，因此也曾熱心寫作了好一陣子。然而，他所寫的東西（翻譯作品姑且不論），在文學創作這方面卻總不受雜誌社青睞。畢竟那些作品只是以各種形式鉅細靡遺地描繪自己心目中的烏托邦，真要說起來，不過是人見自我滿足、無聊至極的產物，也難怪不被看好。

在這樣的狀況下，他心愛的文學創作三番兩次被雜誌編輯批評得一無是處，再加上他的個性本就無法只靠文字遊戲得到滿足，貪多嚼不爛的結果，使得小說功力始終不見起色。話雖如此，一旦放棄寫作，下一餐立刻就沒了著落，儘管心不甘情不願，他也只能一直過著不知何時能出頭天的三流文人生活。

人見寫著一張稿酬五十錢（註24）的原稿，閒暇時也會在紙上描繪心目中理想國的藍圖，比方說其中建築物的設計圖等等，他總是畫了又撕、撕了又畫，對那些有能力實現心目中理想國的古代帝王事蹟懷以無限欣羨。

註24／相當於今天的一百日圓。

三

當人見廣介在這樣的狀態下，過著毫無生存價值的每一天時，某日——算算應該是前述離島開始大興土木的約莫一年前——一個美妙的幸運湊巧掉到他頭上。這就是我所要述說的故事開端。

光用「幸運」兩字，實在難以道盡那件事的光怪陸離，甚至可以說那件事是可怕的，伴隨著近乎傳說的神秘蠱惑。得知這個好消息（？）後，人見很快地產生一個念頭，並且嚐到了恐怕從來沒有人體驗過的不可思議歡喜滋味，但又在下一剎那，為自己這可怕的念頭顫慄不已。

告訴他這則消息的，是大學時代同窗之一的某報記者。那天，這個男人久違地造訪廣介寄宿的公寓，說完正事後，他順便但絲毫不以為意地提起這個消息。

「對了，這件事你應該還不知道吧，三天前你哥哥死了喔。」

「你說什麼！」

對方說的話實在太莫名其妙，人見廣介不由得如此反問。

「你忘了嗎？就是你那有名的分身，雙胞胎哥哥菰田源三郎啊。」

「喔，原來是菰田啊。那個大富翁菰田嗎？這可真意外，他是得了什麼病嗎？」

「報社接到特派員傳回的新聞稿，上頭寫著他似乎患有癲癇宿疾，某次發作後就沒有再醒來了。還不到四十歲，真是可憐。」

接著，報社記者又追加這麼一番話：

「話說回來，我還是覺得很厲害，你和那個男人怎會長得如此相像？新聞稿上附有菰田的近照，一看之下才發現，畢業都十幾年了，你們竟然比學生時代更加相似。只要用手指遮住照片上菰田的鬍子，再加上你戴的這種眼鏡，簡直就是一模一樣。」

從這番對話中，各位讀者定然不難想像，窮書生人見廣介和M縣首富菰田源三郎本是大學同窗。最令人百思不得其解的是，他們從臉型到身高、聲音都如出一轍。由於實在太過相像，同學們甚至為他們取了個「雙胞胎」的綽號。

因為年齡上的差距，同學們稱菰田源三郎為「雙胞胎哥哥」，人見廣介則為「雙胞胎弟弟」，動不動就拿這件事調侃他們。

即使如此，就連他們兩人也不得不承認這綽號絕非空穴來風。雖然類似的事並不少見，但像他們這樣明明不是雙胞胎卻長得和雙胞胎一樣相似的案例，畢竟仍屬罕見。尤其是後來因此引發了那起震驚世人的事件，這殘酷的命運想來不禁使人毛骨悚然。

兩人都不常按時上課，人見廣介又有輕度近視，時時戴著眼鏡，因此儘管兩人碰頭的機會不多，每次碰頭時，因為其中一方戴著眼鏡的關係，旁人從遠處也能分辨得出來，也就很少發生長相引發的糗事。即使如此，幾年學生生活下來，還是曾有過一、兩樁能拿來當笑話閒磕牙的趣談。由此可知他們長得多麼相似。

此次過世的，畢竟是這位曾被稱為自己雙胞胎哥哥的同窗，站在人見廣介的立場，因此比聽到其他人的訃聞更多了幾分震驚。不過，正因為兩人長得太過相似，當年對於彷彿自己影子的菰田，人見廣介反倒是嫌惡的，所以他此時幾乎不覺得悲傷。話雖如此，這件事仍悄悄觸動人見廣介的情緒。

被觸動的情緒與其說是悲傷，不如說是驚訝；與其說是驚訝，又不如說是某種莫名詭異的不知名預感。

在那之後，身為報社記者的同窗與人見又閒談了很長一段時間，直到他離去前，人見一直沒察覺那股不知名的預感是什麼。等到自己獨處時，他才發現菰田的死訊始終縈繞腦海，揮之不去，引發各種思緒翻騰。很快地，天馬行空的幻想便宛如午後雷陣雨前的滿天烏雲，迅速且詭異地湧現。

剎那之間，人見臉上失去血色，咬緊牙根，身體止不住顫抖。他一個人獨坐了許久，在腦中重新檢視逐漸清晰的思考。有時因為太恐懼，不得不努力壓抑接二連三湧上的妙計，然而別說抑止，那些奸險的計謀反而有如萬花筒中的鮮明圖案，連細節都幻想了出來。

四

令他想出這般前所未有的奸計的一大重要動機，乃是因為他知道菰田在M縣所住的地區並無火葬習俗，尤其是像菰田家這樣的上流階級，更是忌諱火葬，必定是以土葬處理後事。這是學生時代聽菰田親口說過的，人見記得很清楚。另一個動機是菰田的死因「癲癇發作」，這又喚起他的另一樁記憶。

不知該說幸或不幸，人見廣介曾有一段時間熱愛閱讀哈特曼、布許、肯普納等人有關死亡的書籍，對人在假死狀態下遭到埋葬的知識尤其豐富，也深知癲癇這種病症導致的死亡有諸多不確定性，遭活埋的危險性很大。讀者中或有不少人讀過愛倫坡的短篇小說《過早的埋葬》，應該非常了解假死活埋有多可怕。

毋庸置疑，在過去人類命運中的極端不幸（聖巴托羅繆大屠殺等歷史上令人顫慄的事件）裡，活埋是最恐怖的一種。稍有知識的人都無從否認，這種事在世界上可說經常發生。生與死的交界只有一道模糊的影子，沒有人能決定生命終結於何處，死亡又從何處開始。罹患某種疾病，有時也可能導致生命外部運作盡皆休止，在這種情形下，出於某種無可解釋的機制，休止狀態可能只是暫時的。因此，只要等候一段時間——可能是幾小時，也可能是幾天或幾十天——在肉眼看不到的力量作用下，大小齒輪將如同施了魔法般再次運轉起來。

如同許多書籍資料所示，癲癇毫無疑問是上述疾病的一種。舉例來說，過去美國的「防止活埋協會」宣傳手冊上，就曾發表過幾種容易引起假死狀態的疾病，其中便包括癲癇。不知為何，這件事深深烙印在人見記憶中。

他讀過眾多關於活埋的實際案例，該如何才能形容閱讀當下的異樣感覺呢？那種難以名狀的感覺，已不是恐懼或戰慄這等極端平凡的詞彙所能形容。比方說，有孕婦遭到活埋，在墳墓裡復活，在黑暗中分娩，抱著哭泣的嬰兒死去的例子。（她可能還試圖餵渾身是血的嬰兒喝奶，卻分泌不出乳汁。）這些案例宛如燒紅的鐵塊，在他記憶中烙下深刻印象。

話說回來，為什麼他如此清楚地記得癲癇屬於這種危險的疾病呢？人見廣介自己一點也沒有察覺，人心的可怕就在於當他閱讀上述書籍資料時，早已下意識地聯想到那個與自己如出一轍、彷彿雙胞胎兄弟的菰田患有癲癇一事。正如前面所說，人見廣介是個天生的夢想家，總是不停動著腦子的他，就算沒有清楚意識到這件事，也不可能完全沒有察覺。

若真是如此，幾年前在心中播下的種子，隨著菰田的死，終於清楚地浮上檯面。總而言之，即使他那駭人聽聞的奸計當初聽來只像個不切實際的天方夜譚，經過一個又一個難以成眠的夜晚，在全身不斷滲出冷汗中逐漸染上現實的色彩，到最後，他甚至認定那是個只要動手去做就必然會成功的計畫。

「太可笑了，就算我和那傢伙長得再像，這種事也未免太荒謬……事實上就是荒謬至極。自有人類以來，從來不曾有人想過這麼可笑的事吧。儘管在偵探小說中讀過雙胞胎的一方頂替另一方，一人分飾二角的故事，但在現實生活中，那是絕不可能發生的事。更別說我現在這卑劣的計畫，只不過是個瘋狂的妄想罷了。還是別想這些無聊事，認命做自己一輩子不可能實現的烏托邦夢吧。」

為了拭去腦中可怕的想像，他不知道試著這麼想了多少次，然而，每次這麼說服自己之後，總會立刻接著想：

「可是，仔細想想，這麼簡單又不伴隨一點危險的計畫，可謂千載難逢。就算必須歷經千辛萬苦、冒險犯難，一旦成功，我就能獲得長年來熱切期盼的資金，不就能建立心目中的理想國嗎？想想到時候的快樂與欣喜吧。既然早已厭倦這個世界，而且這輩子再也無法往上爬，為了夢想，縱使失去生命也在所不惜不是嗎？更何況，實際上別說喪命，我根本不用殺死任何人，也不會做出任何危害世間的惡事。只要巧妙地把自己的存在抹煞得乾乾淨淨，成為菰田源三郎的替身即可。

在那之後，我要做的是古來從未有人挑戰過的事。我要改造自然、創作風景，換句話說，我要打造出一個無可比擬的偉大藝術品，創造出一個樂園，一個人間天堂。這麼做沒有對不起任何人，對菰田的家人來說，見到一度死去的主人復活，只會有歡喜，哪會有怨恨。何必一直把這件事想成大逆不道的壞事？看吧，這樣一一剖析的結果，這別說是壞事，根本就是好事一樁。」

列出種種理由說服自己之後，人見發現自己的計畫條理清晰，執行起來肯定連一絲破綻也沒有，更別說幾乎沒有違背良心之處。

這個計畫在執行上最方便的一點，就是菰田源三郎幾乎沒有親人。他的父母早逝，唯一的家人是他年輕的夫人，再有的就是幾個家僕罷了。

菰田其實還有一個妹妹，但早已嫁給東京的貴族。再說到他的老家，像菰田家這種大家族肯定有不少親戚，不過，那些人既不知道死去的源三郎有個長相相似的同窗人見廣介，就算曾經聽聞此事，肯定也難以想像兩人竟會酷似到這種地步，又怎麼可能想到這個男人成了源三郎的替身出現呢？

同時，人見不知怎地，生來就是個戲精。他唯一擔心的只有源三郎的妻子，她絕對知道許多源三郎的微小特徵與脾性。不過關於這一點，只要萬事小心，千萬迴避與她談起唯有夫妻之間才知道的話題，應該就不至於被她發現吧。再說，畢竟是曾死過一次的人復生，即使容貌或個性上多少有些改變，只要想到人死復生的異常事態，也就不那麼難以置信。

就這樣，他的思考愈來愈深入，隨著瑣碎的細節逐漸補齊，他的大計畫也一步一步增加了實現的可能性。唯一尚未解決的，毫無疑問是這計畫中最大的難關——如何除去自己這個人的存在，如何增加菰田復活的真實性，以及如何處理真正的菰田屍體。

不過，他既然能想出如此可怕的惡行（無論他如何為自己辯解），肯定天生擁有狡獪的頭腦。在強烈執著下不斷針對同一件事反覆思考後，終究讓他毫無窒礙地想出解決以上幾個難題的方法。

即使計畫已經圓滿，他仍不厭其煩地再次遍查所有細節，並將已經思考過的部分全部從頭再想一次，直到終於沒有任何破綻，只差下定決心是否執行。

五

感覺就像全身血液朝大腦集中，事到如今，他已經忘了這個計畫有多麼可怕。經過一整夜的思考，一再推敲演練，最後，他決定執行這項計畫。

事後回想，當時的心境就像得了夢遊症，儘管即將動手執行計畫，內心仍莫名空虛；明明事態如此重大，心情卻只像是正要出門遊山玩水。同時，內心深處不斷有個聲音告訴他，其實現在只是在做夢，夢醒後還有另外一個世界等著他。

前面也提過，他的計畫分成最重要的兩個部分。

首先，是將他自己，也就是人見廣介這個人的存在從世界上抹煞。在著手進行這件事前，必須先探訪一趟菰田家所在地的T市，確認菰田是否真的土葬，以及是否真有可能順利潛入墓地。此外，也要打探清楚菰田的年輕夫人是什麼樣的人，家僕們的性情又是如何。只要以上有任何一點可能導致計畫出現破綻，到時候放棄這個計畫也還不會太遲。

不過，他當然不能以平日的真面目出現在T市。無論是人見廣介的長相曝光，或是不小心被誤認為菰田源三郎，都將成為計畫的致命傷。於是，他以自己想出來的獨特偽裝方法，進行了首次的T市之旅。

說到他的偽裝方法其實也很簡單。首先取下一直戴著的眼鏡，換上一副鏡框偏大但絕不引人注目的墨鏡，再取一塊大紗布，折疊後貼在其中一隻眼睛周圍，將眉毛到臉頰的部位遮住。接著口中塞入棉花，貼上低調的鬍鬚，頭髮剃成五分頭。光是動了這些手腳，就能達到驚人的效果。去程途中，人見在電車裡曾與朋友擦身而過，對方一點也沒認出他。

人的臉上最醒目也最具有個人特徵的部位就是雙眼。不妨做個實驗，先用手掌遮住鼻子以上的臉，再改成遮住鼻子以下的臉，會發現前後兩者效果完全不同。以前者來說，可能因此認錯人，後者卻能馬上認出是誰。這就是人見以大墨鏡偽裝的原因。然而，縱然大墨鏡能將眼神完全遮住，卻有個容易引人懷疑的缺點。為了消除這種可疑感，他才會用紗布遮住眼睛，假裝成眼疾患者。這麼一來，還可以遮住眉毛與臉頰等部分容貌，可謂一舉兩得。只要再大幅改變髮型，並在衣著上下點功夫，幾乎能達到七成的偽裝目的。為了小心起見，他更在口中塞入棉花，再以假鬍鬚掩飾口部特徵，配合改變過的走路方式，九成九已不再是原本的人見廣介。

關於偽裝，人見向來有個主張，認為使用假髮和顏料不僅麻煩，還有容易引人注目的缺點，其實並不實用。他堅信，只要利用上述簡單的方法，就連日本人也能輕易改變外貌。

隔天，人見前往寄宿公寓的會計室，告知對方自己經過幾番思量，決定先結清租金出外遊歷。目的地尚未決定，說起來就是要去流浪，只確定第一個要去的地方是伊豆半島南方。說完，他便提著簡單的行李出發。離開公寓的路上，他先買齊所需物資，再找個無人經過的路旁完成上述的偽裝後，立刻趕往東京車站。人見將行李暫時寄放，買了開往T市兩、三站前的車票，走進三等車廂的擁擠人群中。

他抵達T市後，花了整整兩天（正確來說是一天一夜）以獨創的方式四處行走、打探，達到預期的目的。詳細過程實在太繁瑣複雜，在此容我略過不提，總之，一番調查的結果顯示，他的計畫並非不能實現。

當他離開T市，再次回到東京車站時，距離從報社記者口中聽到消息已過了三天，也就是菰田源三郎葬禮過後六天的夜晚，將近八點的時候。

按照人見的想法，最好能在源三郎死去十天內讓他復活。也就是說，在剩下的四天內，他必須加緊完成準備。

人見拿回暫時寄放的行李，走進車站廁所卸下前述偽裝，恢復原本的容貌後，立刻馬不停蹄地趕往靈岸島的汽船碼頭。開往伊豆的船將於九點出航，他預計搭乘這艘船，朝伊豆半島南方前進。

才剛趕到候船處，汽船已發出噹噹噹噹的催促聲。船票買的是二等艙，人見扛著行李奔過昏暗的棧橋、走過堅固的船板，才剛踏上甲板，耳邊便傳來出航的汽笛聲。

六

對他而言非常幸運的是，十疊大的船尾二等艙裡，只有兩個比他先上船的乘客。這兩人看來都是鄉下人，穿著毛嗶嘰和服與毛嗶嘰外套，相貌粗獷、膚色黝黑，看似頭腦遲鈍的中年人。

人見廣介默默進入船艙，找了個離先到的乘客最遠的角落坐下，擺出打算就寢的模樣，躺在船上預備的毛毯上。不過，他當然不是真的想睡，而是背對著那兩個男人，暗地窺伺他們的動靜。

伴隨著轟隆轟隆碰咚、轟隆轟隆碰咚的聲音，令人神經衰弱的引擎聲傳遍全身。鐵格燈罩裡的昏黃燈光照在躺著的他身上，毛毯上映出長長的影子。身後那兩個男人似乎相識，坐著低聲交談。他們的說話聲與引擎聲混在一起，莫名形成一種令人昏昏欲睡的節奏。再加上海面似乎風平浪靜，幾乎聽不見海浪聲，也感受不到船身的搖晃。人見一直維持橫躺的姿勢，感覺這兩、三天來的激動逐漸平息，取而代之的是一股空虛而無以名狀的焦慮，剪不斷、理還亂地湧現心頭。

「現在還不遲，最好趕緊打消那個念頭。在事情一發不可收拾之前，快點打消念頭比較好。難道你當真打算實踐那瘋狂的幻想嗎？真不是開玩笑的嗎？你的精神狀態沒問題嗎？說不定早就出毛病了吧？」

隨著時間流逝，他的不安有增無減。

然而，他無論如何也無法放棄這充滿魅力的計畫。內心一方面不安焦慮，一方面出現另一個聲音試圖說服：「沒什麼好不安的啊，沒有一點漏洞。至今已做了那麼多計畫，事到如今怎能就此放棄？」接著，他陸續檢視心中如意算盤的每個細節，當然，不可能有任何一個地方出錯。

不經意地，他發現身後那兩個船客不再說話，取而代之的是兩人此起彼落的鼾聲從船艙另一角傳來。他翻了個身，瞇起眼睛偷看，男人們健壯的身體攤開成大字形，睡得很香甜。感覺就像有誰正性急地催促他執行計畫。一想到動手的機會已經到來，腦中的雜念立刻一掃而空。

像是一個口令一個動作，他毫不猶豫地打開枕邊的行李，從最底下拿出一小塊和服布料。那是一塊不知從哪裡扯下來，大約五、六寸的老舊木棉混色碎布。人見抓起那塊布，重新蓋上行李，躡手躡腳地走向甲板。

時間已超過晚上十一點。原本不時會在船艙裡露臉的服務生和船員，夜裡應該也回到各自寢室了吧，四下不見人影。

前方高出一階的甲板上，大概會有舵手整晚守夜，不過，從人見現在站的位置看不到。來到船舷，看得見海面上飛沫四濺的大浪，夜光蟲發出的燐光朝船尾延伸出帶狀光芒。抬頭一看，眼前是迫在眉睫的三浦半島巨大黑影，與漁村中閃爍的燈火。天空裡，無數星塵跟著前進的船隻旋轉。

耳邊傳來引擎笨重的聲響，還有打在船緣的浪花聲。

如此看來，絕對不用擔心計畫曝光了。幸好此時已是春季尾聲，海面如沉睡般寧靜。陸地的影子愈來愈接近，接下來，他只需要等待船隻進入計畫中預定的地點，也就是船身與陸地最接近的位置（這條航線他搭了好幾次，非常確定那個位置在哪裡），再避人耳目地跳下海，游過短短數百尺的海面即可。

黑暗中，他先在船舷四處摸索，找到欄杆外有釘子突出的地方，再把那塊混色碎布勾在釘子最前端牢牢勾緊，以防被風吹跑。然後，他躲在船帆陰影下，脫下身上唯一一件老舊和服——與那塊碎布同樣顏色——用這件衣服捲起衣袖中的錢包和偽裝用品，再用衣帶緊緊綁在背上。

「這樣就沒問題了，只要忍受一下冰冷的海水就好。」

他從船帆底下爬出來，再次環顧四周，確定沒有被任何人看見後，宛如一隻趴在甲板上的巨大壁虎，匍匐前進到船舷，輕巧地翻過欄杆。

必須無聲地攀住什麼跳進海裡，還有必須小心不被螺旋槳捲入。這兩點他已在腦中模擬過無數次。再者，船通過海峽時，因為轉向的關係速度會放慢，這就是跳海最好的時機，這時也剛好離陸地最近。他抓住船舷邊的某條繩索，做好隨時都可跳海的準備，耐心等待船隻轉向的那個機會。

不可思議的是，明明是如此驚心動魄的時刻，他的心情卻非常冷靜。畢竟，只不過是從航行的船上跳入海裡再游到對岸，說起來並不是什麼犯罪行為。游泳的距離既短，他對自己的泳技也有信心，心知不會有太大危險。話雖如此，這件事仍可視為實現他那巨大陰謀的準備行動之一，以他的個性來說，應該會陷入不安才對。

然而，現實卻非如此，竟能如此冷靜沉著地展開行動，想來真教他難以置信。後來他回首這段日子，發現自己從展開計畫之後，一天比一天更大膽也更滿不在乎時，曾經非常訝異自己心境變化之劇烈。或許攀在船舷上時的心境，就是一切轉變的開端吧。

很快地，目的地近在眼前，連結船舵的鎖鏈發出喀啦喀啦的聲音，船隻開始轉向，同時放慢速度。

「就是現在！」

他放開繩索，此時心跳也不免加速。放手的同時，他用盡全身之力朝船舷一踢，放平身體，盡可能朝遠方跳，彷彿滑過水面般安靜地鑽入水中。

嘩啦一聲，身體瞬間感到一陣寒冷，從四面八方湧來的海水是那麼沉重，無論怎麼掙扎也無法浮上水面。然而，在這樣的緊張感中，他還是不忘奮力划水、踢水，竭盡所能地遠離螺旋槳。

儘管當時海面風平浪靜，他究竟是如何成功脫離船舷邊的漩渦，又是如何在刺骨的冰冷海水中撐著游完數百尺的距離，事後回想起來，人見還是怎麼也想不通自己怎麼會有這樣的力量。

就這樣，他幸運且成功地完成第一步計畫，筋疲力盡地躺在不知名漁村漆黑的海岸邊等待天亮。然後，人見穿上還未乾透的衣服，做好外表的偽裝，趁村人尚未起床前，朝推測是橫須賀的方向走去。

七

接下來的這一天，直到前晚還是人見廣介的男人，在轉車的大船車站找個便宜旅館住了一晚。隔天下午，他選了一班正好在入夜時分抵達T市的火車，維持著偽裝的外表，成為這列火車三等車廂的乘客。

各位想必已經察覺，人見之所以刻意浪費這寶貴的一天，是為了確認自導自演的那場自殺戲。要知道是否已成功達到目的，必須等待刊載那件事的報紙出刊。既然他之後來到T市，就表示報上如他所願地刊載了自殺的消息。

以「小說家的自殺」為標題（他終於藉由死亡獲得小說家的頭銜），儘管只是很小的篇幅，但各家報社都確實報導了他的自殺案件。在比較詳盡的報導中，還記載他遺留的行李中有一本雜記本，上頭有人見廣介的署名，以及表示厭世的遺書。死因推測是跳海自殺，根據是勾在船舷鐵釘上一片與他身上和服相同顏色的碎布。報導中也提到，如此一來，死者的身分和自殺動機皆已判明。換句話說，他的計畫徹頭徹尾成功了。

值得慶幸的是，他沒有任何會為這場偽裝的自殺傷心難過的親人。老家固然還有個哥哥（在學時的學費就是這位兄長幫他出的，但近年來哥哥已不顧他的死活），也有兩、三個親戚，縱使這些人在聽聞他的死訊時可能會有些惋惜喟嘆，給他們添的頂多就是這點麻煩，他並不會因此特別內疚。

比起那些，他反而深深沉浸在抹煞自己的存在後，那種難以形容的不可思議心境。

在這個國家，他已經沒有戶籍；在這個世界上，也沒有一個親人或朋友；他甚至沒有名字，對任何人來說都是陌生人。到了這個地步，那些坐在前後左右的乘客、沿途的窗外景色、一棵樹、一棟房子，全都成了與過去完全不同的世界。這一方面使他如釋重負，品嚐著一種宛如新生的心情，一方面也陷入一種即將獨自執行偉大事業的無以名狀孤寂中，使他難以克制地流下眼淚。

無視於他的傷感，火車駛過一站又一站，終於在入夜時分抵達T市。

曾是人見廣介的他走出車站，直奔菰田家墓地所在的寺院。幸而寺院建在市郊，晚上九點過後的這時間不會有人去，只要留心寺裡人的耳目，就不用擔心曝光。再者，附近有幾間夜不閉戶的傳統民家，要從倉庫偷把鐵鍬並不難。

沿著田埂，翻過幾道稀疏的樹籬，眼前就是目的地的墳場。雖然是個漆黑的夜晚，天上倒有幾許星光閃爍，加上之前曾來探路，人見輕輕鬆鬆就找到菰田源三郎那座新墳。

人見穿梭於墓碑與墓碑之間，悄悄靠近正殿，透過緊閉的雨窗縫隙窺看寺內。寺內鴉雀無聲，畢竟這裡位置偏僻，加上寺院的人向來早起，似乎已經睡了。

認定一切都沒問題後，他才返回剛才的田埂，到附近民家兜兜轉轉，輕易得手鐵鍬一把。由於以上任務都必須躡手躡腳地進行，回到源三郎墓地時，已經將近深夜十一點。這正好是他計畫中最適合動手的時間。

他在黑暗中的墳地揮舞鐵鍬，展開可怕的挖墳工作。

畢竟是座新墳，挖開時不甚費力，可怕的是對隱藏在地下事物的想像。即使是這幾天的經歷下來，已因貪念而瘋狂的他也不免遭一股難以言喻的恐懼襲擊，內心驚悚不已。不過，眼下的情形令他無暇思考太多，揮動鐵鍬十次左右後，棺蓋出現在眼前。

事到如今已不能再躊躇，他鼓起全身勇氣，將黑暗中隱約泛白的棺材板上的泥土撥開，將鐵鍬尖端插入木板與木板間的縫隙，用力一撬。耳邊傳來的「嘰……嘰……」一聲彷彿要鑽入骨髓，不過，棺蓋撬開了。

棺蓋一撬開，周圍泥土紛紛落入棺內，簡直像是有生命一般，把他嚇得命都短了。

打開棺蓋的瞬間，一股難以形容的惡臭撲鼻而來。死後七、八天的源三郎屍體，肯定已開始腐爛。在尚未親眼目睹屍體前，他差點就被這股惡臭擊垮。

其實他並不特別害怕墳場這種地方，至今也一直滿不在乎地遂行任務，直到掀開棺蓋，面對說是另一個自己也不為過的菰田屍體時，才忽然感覺到某種不知名的陰影從靈魂深處一點一滴浮現。倏地一陣恐懼襲來，令他幾乎想尖叫著逃開。

這絕不是對幽靈鬼魂的恐懼，而是更加異樣，說起來更具有現實性，但又無法以言語形容的感受。舉例來說，類似獨自站在伸手不見五指的大房間裡，藉著微弱燭光看到鏡中自己的感受，但又比那可怕好幾倍。

沉默的星空下，隱約辨識得出無數墓碑的影子，彷彿那裡站著許多人。在這些墓碑中央是洞開的黑色墓穴，宛如一幅噁心詭異的地獄繪卷，自己則成為畫中人。總覺得，躺在黑暗墓穴底部、乍看之下無法辨識的死者，不是別人正是自己。黑暗中死者的長相難以辨識這一點，反而更加深他的恐懼。

看得出洞底的模糊白影是一套壽衣，從中伸出的死者頭顱則融入周圍的黑暗當中。然而正因如此，無論是多麼可怕的想像都能成立。他腦中甚至出現這樣的幻想：說不定真有這種巧合，菰田並未真正死亡，就在他挖掘墳墓的當下復活了。

他強忍體內湧現的驚怖，帶著早已空洞的心趴在墓穴邊緣，朝洞底伸長雙手，摸索死者的身體。

最初摸到的似乎是剃了髮的頭部，觸及之處是一片刺刺的細毛。試著壓壓皮膚，感覺莫名軟爛，說不定再用力一點就會皮開肉綻。這詭異的觸感令他猛地收手，等待激動的情緒平息後，才再度伸出手。這次摸到的好像是死者的嘴巴，感覺得到堅硬的齒列。上下排牙齒之間咬著的大概是棉花吧，觸感雖是柔軟的，又不同於腐爛的皮膚。

他膽子大了些，繼續摸索嘴巴邊緣。奇怪的是，菰田的嘴摸起來足足有生前的十倍大，左右兩邊臼齒外露，宛如般若鬼面。再往上下摸去，甚至可以摸到像是牙齦的部位。這絕不是黑暗造成的錯覺。

這件事再度使他打從心底顫抖。他並非害怕死者咬住他的手，而是想到死者可能在肺臟停止運作後仍試圖呼吸，導致嘴邊肌肉極度收縮，嘴唇擴張至活人無法達到的地步。那幅垂死掙扎的景象歷歷在目。

光是這些體驗，就讓曾是人見廣介的他精疲力竭。接下來不但要從墓穴裡搬出滑溜溜的腐敗屍體，為了銷毀屍體，還有更可怕的任務非得完成不可。一思及此，他不得不承認自己的計畫是多麼有勇無謀。可惜，現在後悔也來不及了。

八

縱然曾是人見廣介的他，起初的動機是貪圖菰田家的萬貫家財，然而，他之所以承受得住這一連串的驚懼衝擊，恐怕是因為他和其他所有犯罪者一樣，實為精神病患的一種，腦髓某處出了毛病，對於某種情況或某些事件已麻痺無感。

當犯罪的可怕程度超出一定水準，就像耳朵塞了耳塞，除了耳鳴之外聽不見任何聲音，或許可比喻為聽不見良心的聲音吧。反過來說，與邪惡相關的念頭往往會變得像剛磨好的剃刀般異常鋒利。人不再是人，更像是經過精密設定的機械，如水一般冷靜沉著地執行腦中計畫，不放過任何細節。

就在剛才，他觸摸到菰田源三郎開始腐爛的身體時，恐懼剎那間達到頂點。對他而言有利的是，前述那種無感狀態正好於此時發揮效用。這麼一來，他再也沒有任何猶豫，宛如機器人般冷酷無情，以沒有一絲疏漏的正確度逐步執行計畫。

無論他怎麼撈，菰田滑溜溜的屍體還是不住從指縫中滑落，他的心情就像往水中撈涼粉的零嘴店老婆婆，小心翼翼地盡可能不破壞屍體，費盡千辛萬苦才將屍體搬出墓穴。不過，當這項任務結束時，屍體那層薄皮竟如水母做成的手套，牢牢貼附在他雙手表面，怎麼甩也甩不下來。

如果是平常的廣介，光是這件事，肯定就能嚇得他拋棄一切逃走。然而，現在他不但未露出一絲驚疑，反而繼續著手下一階段的工作。

接下來他必須銷毀菰田的屍體。相較之下，讓廣介這個人從世界上消失的任務要簡單多了，眼前是一個人的屍體，想做到完全不被發現地銷毀，肯定是非常困難的事。無論沉入水底還是埋入土中，事後都有可能浮起或無意間被挖出來，只要有一根骨頭證實是源三郎的，不只所有計畫都將泡湯，自己還會背上可怕的罪名。因此，關於如何處理屍體這一點，也是他第一天晚上最傷透腦筋、反覆思索的部分。

以結果來說，他想到的妙計正印證了「解決難題的關鍵往往近在眼前」的道理。源三郎墳旁，肯定埋葬著菰田家祖先的屍骨，他打算把那個墳墓挖開，讓源三郎也長眠其中。

這麼一來，只要菰田家永遠不出現開挖祖墳的不孝子，也就不需要擔心此事曝光。即使未來有轉移墓地的可能，到時候廣介早已實現他的夢想，在無上的滿足中逝去。就算不是這樣，從一個墓穴中挖出兩人份分崩離析的屍骨，也只會被認為是不知幾代前葬下的先人，又有誰會聯想到廣介的奸計呢？他如此確信。

挖掘旁邊的墳墓時，因為土地較硬多費了一番功夫，然而在他揮汗如雨地努力勞動之後，終於挖出看似骨頭的東西。

棺材早已腐爛得看不出原形，只剩下小小一堆零散的白骨，在星光下微微泛白。屍骨這時早已無腐臭氣味，完全失去生物骨頭的感覺，倒像是某種潔淨的白色礦物。

站在挖開的兩個墳墓與一具死人的腐屍之前，黑暗中，他暫時靜止不動，為的是集中精神，逼迫自己做更縝密的思考。

絕不可大意，連一點微小的破綻都不能有。他的大腦像一顆燃燒的火球，不斷轉動著照亮黑暗中那一團模糊的事物。

過一會兒，他不帶一絲情感地脫下源三郎屍體上的白布壽衣，扯下源三郎雙手手指上的三個戒指，再用壽衣包起戒指塞進懷中，最後，不耐煩地手腳並用，將腳邊赤裸裸的肉塊推入新挖開的墓穴中。

接下來，他趴在地上摸索周遭每一寸地面，確認沒有掉落任何微小的證據後，拿起鐵鍬將墓穴恢復原狀、豎起墓碑，並將預留的雜草與苔蘚鋪在填好的新土上。

「這樣就完成了，可憐的菰田源三郎代替我永遠從這個世上消失。如今在這裡的我，將成為真正的菰田源三郎。人見廣介已不存在任何地方。」

曾經是人見廣介的他昂首仰望星空。看在他眼中，黑暗穹蒼與銀粉般的星塵宛如玩具般可愛，似乎正在低聲祝賀他美滿的前程。

一個墳墓遭人挖開，裡面的屍體不見了，一般人光是聽到這樣的事便會驚訝得說不出話吧，更遑論有人設下簡單又大膽的機關，連旁邊另一個墳墓也挖開，這種事又有誰想像得到？不只如此，身穿壽衣的菰田源三郎即將出現在大驚失色的人們面前，瞬間轉移人們對墳地的注意力，集中在死而復活的人身上。接下來的一切端看他的演技，不過，對於自己的演技，他有十二分的把握。

很快地天空開始泛藍，星光逐漸稀薄，雞啼四起。在清晨的微光中，他盡可能迅速地將源三郎的墳墓布置成死者復活、從內部破棺而出的模樣，小心翼翼地消除腳印，再從原本的樹籬鑽回外面的田埂，處理用過的鐵鍬，帶著偽裝的外表快步朝城裡邁進。

九

一個小時後，他偽裝成剛從墳場復活的男人，拖著踉蹌的腳步想走回家，卻因體力不支，連三分之一的路程都不到便昏倒在路旁的模樣。他身上穿著沾滿泥土的壽衣倒在森林中，加上他正好沒吃沒喝地勞動了一整晚，臉色顯得適度憔悴，加深逼真演技的說服力。

按照當初計畫，處理好屍體後，他該立刻換上壽衣，走到寺院後方的廚房兼倉庫，裝出精疲力盡的樣子敲打雨窗。然而，挖出屍體一看，或許是當地的習俗使然，才發現屍體的頭髮和鬍子都在傳統剃髮儀式下剃個精光。因此，他也必須剃掉自己的頭髮才行。於是，他不得不趕緊前往鄉下，找一家五金行買了把剃刀，躲在森林裡，費了好一番勁兒才將自己的頭髮剃光。

當時他身上還維持著原本的偽裝，就算走進理髮店也不至於遭人懷疑，只是一大早理髮店既未開門，又為了預防萬一，他還是謹慎地決定自己買剃刀處理。

剃光頭髮後，他換上壽衣，戴上從死者手中拔下的戒指，在森林深處的窪地上燒掉脫下的衣物。收拾完那堆灰燼時，太陽已高掛空中，森林旁的街道上不時有人行經，事到如今他再也無法離開藏身處，更別說返回寺廟的墳場。不得已之下，他只得找個不容易被發現，但距離街道又不遠的草叢，裝作人事不省的樣子倒在地上。

街道旁有一條小河，下垂的樹枝浸在河水中，有著細密葉片的灌木叢生，從這裡望過去是一整片森林，後方還有稀疏生長的松樹與杉樹。為了不要被往來行人發現，他小心翼翼地繞到灌木叢的另一側，身體緊貼著灌木屏氣凝神躺下，接著，透過灌木縫隙觀察行經街道的民眾腳步。隨著心情逐漸平靜，他開始出現奇妙的心情。

「一切都在計畫之中，剩下的只要等人來發現自己就行了。可是，只做這些就夠了嗎？我只不過在海裡游了泳、挖開墳墓、剃掉頭髮，光是這樣就能獲得幾千萬家產嗎（註25）？事情會不會太簡單？說不定我只是在扮演一個小丑角色，世人其實對一切完全知情，只是為了好玩，故意不揭穿我罷了？」

正常人的精神狀態一點一滴恢復，使他陷入不安與焦慮之中。很快地，在一群民家小孩發現身穿壽衣昏迷不醒的他之後，內心的不安與焦慮更是變本加厲。

「喂，你們看，有人躺在那邊！」

把森林當作遊樂場的四、五個孩子，成群結伴地走進林中。其中之一不經意地發現身穿白衣的他，驚訝地後退一步，低聲對其他孩子這麼說。

「那是什麼？瘋子嗎？」

「死人，是死人！」

「靠近一點看看吧。」

「看看吧、看看吧！」

幾個穿著花紋都磨得看不見、髒得發出油光的粗布衫，年約十歲左右的頑童，一邊窸窸窣窣地交談，一邊戰戰兢兢地靠近他。

當這些臉上掛著鼻涕的小孩像看見什麼珍奇事物般探頭過來時，他內心的不安更上一層樓，甚至到了火大的地步。

「我真的成為小丑啦！沒想到第一發現者竟然是這群小鬼，這下子準備淪為他們的玩具，受盡奇恥大辱，一切就此結束。」

他不禁感到絕望。

註25／相當於現在的數十億日圓。

話雖如此，事到如今他也不能站起來叱喝這群孩子，不管來者何人，都只能繼續裝作昏迷不醒的樣子。到最後，孩子們的膽子愈來愈大，竟然伸出手來摸他，他也只能忍耐。這一切實在太過可笑，他幾乎想拋棄一切計畫，站起來哈哈大笑。

「喂，去跟老爸說吧。」

其中一個孩子喘著氣嘀咕，其他孩子跟著起鬨。

「對啊、對啊！」

接著，他們手忙腳亂地跑開，向各自的父母報告有個奇怪的人倒在路上的事。

不多久，街道傳來吵雜的人聲，幾個農民飛奔而來，嘴裡逕自嚷嚷著什麼，將他抱起來照顧。消息傳了開來，圍觀的人愈來愈多，黑壓壓的人群包圍住他，事態一發不可收拾。

「啊！這不是菰田家老爺嗎？」

很快地，其中似乎出現見過源三郎的人，大聲喊叫起來。

「沒錯、沒錯！」

兩、三個人發出附和的聲音。群眾中有人已聽聞菰田家墓地發生的怪事，於是「菰田家老爺死而復生」的騷動，宛如一大奇蹟在這群鄉下人之間口耳相傳，散播開來。

說到菰田家，是T市這一帶——不，應該說是整個M縣引以為傲的首富。當家的一度下葬，不到十天又打破棺材死而復活的事，對這些鄉下人來說，肯定是驚天動地的奇聞。於是，有人急忙通知T市的菰田家，有人跑去聯絡寺廟，有人找來醫生，大家放下手邊的一切，幾乎是全村出動。

曾經是人見廣介的他，終於看到計畫所反應出的成果。照這情形看來，他的計畫或許真的不會以一場美夢告終。接下來，輪到他發揮擅長的演技了。在眾人環伺之下，他裝作才剛清醒的模樣眨了眨眼，擺出一頭霧水的表情，神情恍惚地朝眾人望去。

「啊，醒了！老爺，您醒了嗎？」

見他醒轉，抱著他的男人湊到他耳邊大聲吆喝，同時，無數張臉形成一堵牆，從上方朝他倒下。民眾呼出的臭氣鑽進鼻孔，但他也在那眾多發光的眼睛裡看到質樸與誠懇，這些人對他沒有一絲一毫的懷疑。

無論對方的態度如何，廣介決定不改變事先想好的劇本，只是繼續呆若木雞地環顧眾人，不做任何動作也不說一句話。在他確實掌握一切之前，裝作意識模糊的樣子可以避免與人交談的危險。

接下來，他被送到菰田家的別邸。這一路上的過程瑣碎繁雜，在此略過不提。總之，先是載著菰田家總管及傭人、醫生等人的汽車趕到，寺廟的和尚與下人也來了，然後，警方派出的署長和兩、三名警官也到了，除此之外，還有聽聞消息急忙趕來的菰田家相關人等，宛如圍觀火場的群眾般，接二連三聚集在城鎮郊區的這片森林。頓時之間，這一帶混亂得像戰場，由此可知菰田家的名望與勢力有多麼龐大。

在眾人的簇擁下，如今他被帶回已成自家的菰田宅邸，躺在主人房間裡那張令他大開眼界的氣派大床上。他仍堅守最初的計畫，像個啞巴一樣絕不開口說一句話。

十

他毅力十足地保持一星期左右的沉默。

在這段期間內，躺在床上的他豎起耳朵、擦亮眼睛，試圖理解菰田家一切規矩、每個人的性格與家裡的風氣，並且努力讓自己與眾人同化。外表看來，他是個意識恍惚、半生不死的病人，只能動彈不得地躺在床上；實際上在他腦中，打個奇妙的比喻，就像一名司機正駕駛著以五十哩的時速奔馳的汽車，靈活而迅速、正確地激盪著火花。

醫生的診斷大致上不出他所料。那位菰田家的家庭醫師，也是T市屈指可數的名醫，試圖以「強直性昏厥」這模稜兩可的術語來解釋病患不可思議的復活。他舉出各種實例說明，為的是證明死亡診斷有多困難，藉以辯解他先前絕非草率判定死亡。

醫生眼鏡下的目光環視廣介枕邊的家屬，使用艱澀的術語長篇大論地說明癲癇與強直性昏厥以及假性死亡之間的關係。家屬們聽了雖然不甚明白，但似乎滿意了。既然源三郎已經復活，就算說明不足，也沒什麼好埋怨。

醫生帶著不安與好奇的表情仔細檢查廣介的身體，接著又擺出一副了然於胸的樣子，沒想到自己正好中了廣介的圈套。

遇到這種情形時，醫生滿心都是對自己誤診的擔心，注意力往往集中在如何辯解，即使發現病患的身體或多或少有些變化，也沒有深入思考的餘力。即使他真的對廣介有所懷疑，又怎可能想像得到廣介是源三郎的替身？畢竟眼前發生的是死人復活的大奇事，復活者的身體就算產生變化，也沒什麼好難以置信。縱使是醫生這樣的專業人士，仍難免會這麼想。

死因是突發性的癲癇（醫生堅持這叫「強直性昏厥」），內臟沒有任何毛病，只是身體有些衰弱，好好攝取營養就沒事了。醫生做出這樣的結論，對廣介來說，只要裝成精神恍惚的樣子，堅決不開口說話即可。這種病演起來一點痛苦也沒有，甚至可說十分輕鬆。

話說回來，家屬對他的照顧著實無微不至。醫生每天來探望他兩次，兩個護士和女傭隨侍枕邊，名叫角田的老總管和親人們也頻頻來探視。

這些人來的時候總是壓低聲音、放輕腳步，擔心得不得了的樣子。看在廣介眼中，實在是滑稽到極點。

他不由得深深感嘆，過去那個自己嚴肅以對的人世間，如今卻像是一場兒戲。在這裡只有自己非常崇高偉大，菰田家的其他人都像蟲子般渺小無趣。

「什麼嘛，原來根本沒什麼。」

這種感覺不如說是接近失望。透過這個經驗，他終於能夠揣想古來英雄與大犯罪者等人的得意心境。

不過，在眾人之中，唯有一人令他惶惶不安，也不知該如何應對。此人不是別人，正是他的妻子，正確來說應該是菰田源三郎的遺孀。她名叫千代子，年僅二十二歲，說起來還只是個小姑娘。然而，出於種種原因，他實在不得不對這女人心懷畏懼。

菰田夫人年輕貌美，這點他上次到T市探路時就打聽到了。現在天天看著她，發現她屬於俗話說「近看更有魅力」的類型，而且這股魅力還與日俱增。

當然，她對病人的照顧最是用心，從那體貼入微的看護態度看來，死去的源三郎和她之間一定有著堅定深厚的愛情。光是這樣，就令廣介內心湧現一股難以言喻的不安。

「面對這個女人絕對不能掉以輕心，她或許是我在實現偉大事業時最大的障礙。」

那一剎那，他咬緊牙根，狠狠告誡自己。

好長一段時間，廣介都無法忘記自己以源三郎的身分和她初次見面的光景。

汽車載著身穿壽衣的他抵達菰田家門口時，在旁人的勸阻下，千代子並未出門迎接。或者說，眼前發生的事情太光怪陸離，使她牙齒打顫、神智不清。她在門內那條長長的石子路旁，和同樣臉色鐵青的女僕一同來回踱步，一看到汽車裡的廣介，不知為何瞬間露出驚愕的表情（看到這一幕時，他真是捏了一大把冷汗），接著就像個哭泣的孩子，在汽車抵達玄關前，沿路失態地攀著車門，被汽車拖著跑。

廣介才剛被搬進玄關，她便迫不及待地撲上前來，動也不動地哭了很久，直到親戚都看不下去，才將她從他身上拉開。

在她哭泣的這段時間，他依然裝出漠然恍惚的表情，盯著她近在眼前的臉。根根分明的睫毛飽含淚水，成熟蜜桃般的臉頰失去血色，眼淚像一條小河，流過生有細白寒毛的光潔臉頰，底下淺粉紅色的嘴唇扭曲，看起來竟像在微笑。他的眼光怎麼也無法從她臉上移開。

不只如此，她裸露的手臂環繞他的肩膀，激烈起伏的胸前丘陵溫暖了他的臂膀，獨特的淡淡香氣掠過他的鼻端。當時那無可言喻的奇妙心境，使他永生難忘。

十一

廣介對千代子無以名狀的恐懼，隨著日子一天天過去，一天天地加深。

臥床的這一星期中，他曾遇上好幾次危機。比方說，某天深夜，廣介從惱人的惡夢中醒來，忽然看見原本睡在鄰室的惡夢中人，竟不知何時來到他的房間，披頭散髮地倚偎在他胸口，拘謹地低聲哭個不停。

「千代子、千代子，沒什麼好擔心的啊。妳看，我不是身心健全地恢復為原本那個源三郎嗎？快別哭泣，像平常那樣展現妳可愛的笑容吧。」

他差點如此脫口而出，好不容易才強忍下來，同時必須繼續裝睡。廣介千算萬算也算不到自己竟有站在如此立場的一天。

總之，他按照早已寫好的劇本，從第四、五天起發揮精湛的演技，逐漸開口說一點話，極盡自然地演出因激動而暫時麻痺的精神狀態緩緩復原的模樣。

利用這個方法，他將臥床這幾天的所見所聞，以及從中推敲出的情報，當作好不容易回想起來的記憶；至於還不確定的地方就刻意不提，若是對方提起，則皺起眉頭演出怎麼也想不起來的痛苦模樣。

為了讓演技更加自然生動，前幾天他努力的裝聾作啞果然有了回報。就算忘了不該忘的事，或是說錯什麼話，也不會引起人們絲毫疑心，只會同情他在不幸遭遇後的精神狀態。

就這樣，他採取這種一邊裝瘋賣傻，一邊從失敗中獲得新情報的方法，轉眼間便摸清菰田家內外的種種關係。

不久，醫生保證他的身體已經康復，正好來到菰田家半個月的他，於是舉行了一場慶祝康復的盛大筵席。在那場筵席上，他和聚集而來的親戚朋友、菰田家各種事業的主要負責人，以及包括總管在內的主要家僕隨興交談，藉機獲得了大量菰田家的相關知識。宴會隔天，為了實現偉大的夢想，他決定立刻踏出第一步。

「我的身體好像完全康復了，趁著這次機會我也想了不少，決定好好巡視一遍名下所有事業、田地和漁場，以便釐清我模糊的記憶，順便有組織地規劃一下菰田家的財務。請你幫我安排一下吧。」

那天一大早，他喚來總管角田，傳達這樣的意思；再隔天，立刻帶著角田和兩、三個隨從，踏上視察遍布縣內的資產的旅程。

對照過去的內向消極，主人展現出的積極態度令角田老總管驚訝得瞠目結舌，姑且以有礙身體健康為由勸他打消念頭，不料卻遭廣介叱喝。這麼一來，老總管也不敢再多說什麼，唯唯諾諾地遵從主人的吩咐。

他的視察行程腳步雖快，但也花上整整一個月的時間。

這一個月裡，他走遍名下遼闊的田野、杳無人煙的森林、廣大的漁場、木材加工廠、柴魚片工廠、各種罐頭工廠，還有其他菰田家投資一半以上的事業，再次體認到自己究竟獲得什麼樣的巨大財富，不由得大吃一驚。

他在這趟旅行中觀察到什麼、有什麼感想，詳情就不在此一一贅述。總而言之，他充分確定了自己所有的財產，數量正如先前角田老總管拿出的帳簿所示，不，應該說甚至超越了帳簿上記載的數字。

這趟旅行所到之處，所有人都對他盡心款待。該從哪個不動產、那個營利事業開始脫手，該用哪種方式脫手有利於換取更多現金，脫手的順序該如何安排才不會引起世間矚目，哪個工廠的負責人強硬難應付，哪個山林的管理人比較無能，因此比起工廠或許先處理山林比較好，附近又有哪些正等著出手購買的山林經營者——一路上，他為了這些事傷透腦筋。

同時，他也藉機全力在旅行途中與角田老總管交心，成功使老總管成為脫手財產時的最佳諮詢對象。

在這趟旅程中，廣介可說是不費吹灰之力地化身為生下來就擁有萬貫家財的富翁菰田源三郎。

一見到他，那些代替他管理事業的人們，二話不說低頭就拜，毫不懷疑他是菰田本人。每一個地方的熟人與留宿的旅館，對待他宛如對待微服出巡的皇帝，沒有人敢無禮地直視他的臉。有時，與死去的源三郎熟識的藝妓會拍著他的肩膀說「您好久沒來了」，這種舉動使他變得更加大膽，而舉動愈是大膽，演技就愈是爐火純青，現在已完全不擔心被識破。自己曾經是個名叫人見廣介的窮書生，這件事聽起來反而比較像是謊言。

不消說，這驚人的境遇變化自然帶給他無上的喜悅。這種感覺與其說是高興，不如說是可笑；與其說是可笑，又不如說是內心空虛，像飄浮在雲端般不真實的感受。為此，他一方面焦躁不已，一方面又泰然自若，那種心情實在不是言語所能形容。

就這樣，他的計畫看似順利地進行，而他預期會出現的惡魔，在提心吊膽下始終沒有出現。然而，事實上，惡魔只是以他意想不到的方式逐漸現形，蠶食鯨吞他的心。

十二

儘管在各方人馬款待下持續龍心大悅的旅行，廣介依然懷著恐懼與懷念的心情，思念留在家中的千代子。她被淚水沾濕的寒毛充滿魅力，深深擄獲他，使他心煩意亂；當時微微碰觸的雙臂觸感，也已悄悄記在他心上，夜夜出現在夢中，震撼他的魂魄。

千代子既然是源三郎的妻子，對於成為源三郎的廣介來說，好好愛她本該是天經地義的事，她一定也如此冀望。然而，正因為這是個輕易能實現的願望，反而使廣介更加苦惱。他甚至想過，乾脆不顧一切地與她共度一夜，無視於那之後可能暴露的可怕破綻，也願意將全部身心與一生的夢想都獻給她，即使就這樣死去亦無所謂。

在他當初的計畫中，完全沒料到千代子的魅力竟會如此左右他的心。為了預防萬一，他是打算只與千代子做有名無實的夫妻，盡量遠離她身邊。

這是因為，縱然他的長相、身材與聲音都與源三郎如出一轍，但就算能瞞過所有與源三郎親近的對象，一旦脫下演員的服裝，在閨房之中赤裸裸地暴露在源三郎的妻子面前，事情又得另當別論。不管怎麼想，那都是太衝動也太危險的事。

千代子一定熟悉源三郎所有小毛病，也對他全身上下瞭若指掌。因此，只要廣介身上有一點特徵與源三郎相異，他的假面具一定當場會被拆穿，他的陰謀也會就此完全曝光。

「無論千代子是個多麼出色的女人，難道你願意為了她一個人，捨棄長年以來的遠大理想嗎？如果你的理想真能夠實現，一個女人的魅力又怎能相提並論？別忘記等待你的將會是多麼令人陶醉的世界。好好想一想，想想你日日夜夜幻想的夢想國度，只要想起一小部分就夠了。和那相比，區區凡人之間的戀情根本微不足道。那真的是你想要的嗎？別為了眼前的誘惑，讓至今的辛勞化為泡影。你的慾望應該更偉大才對，不是嗎？」

他就這樣站在現實與夢想的邊緣，一方面當然無法捨棄夢想，一方面現實的誘惑實在太強大，使他陷入雙重、三重的進退兩難，被迫承受不為人知的苦悶滋味。結果，期待了大半輩子的夢想其魅力，與擔心犯罪曝光的恐懼，終究令他對千代子死了心。為了忘卻這份悲傷，也為了將千代子那張憂慮的容顏從腦中消除，他更是一個勁兒埋首於事業中。

從巡視之旅回來後，廣介先從最不引人注目的股票脫手，用換來的現金著手建設心目中的理想國。

新聘的畫家、雕刻家、建築師、土木工程師、園藝家等人連日抵達，按照他的指示展開這世上最匪夷所思的設計工作。

同時，他發出各種訂單，有時也派出採購人員，最遠的甚至去了南洋，為的是訂回數量驚人的樹木、花卉、石材、玻璃板、水泥、鋼筋等材料。他還從各地召來為數眾多的土工、木工、園丁，以及少數水電工、潛水夫、船工等等。

最奇怪的是，從那時起，每天都有年輕女人受僱進入宅邸，可是她們既不像是幫傭也不像下女，人數多得連房間都不夠住。

理想國的建設地點，經過幾番物色之後，最後決定為孤立在該郡南端海面的沖之島。與此同時，設計事務所也搬遷到島上緊急蓋成的營房。包括設計師在內，所有工匠與工人，以及那批身分不明的年輕女子，統統一起搬到島上去了。很快地，訂購的建材陸續送達，島上正式展開詭異的大工程。

菰田家的親屬及各項事業的管理者，當然不可能對這般荒唐的舉動視若無睹。隨著建設的進展，廣介除了在會客室接待與建設工作相關的技術人員之外，每天還得應付這些人不斷上門咆哮與質疑，要求他中止莫名其妙的土木工程。然而，在廣介擬定計畫時，早已料到會有這一天。

為了解決這個問題，他早有犧牲菰田家半數財產以換取安寧的覺悟。雖說對方是親屬，但社會階級都在菰田家之下，財力自然也是相差懸殊。在逼不得已的情況下，廣介不惜將鉅額財產分給他們，果然輕鬆換來這些人的沉默。

以各種意義來說都是戰鬥的一年，就這樣過了。

在這一年之中，廣介嘗遍千辛萬苦，不知道有多少次想拋下建設中的事業，又在最後一刻踩下煞車。他與妻子千代子的關係，也惡化到無法挽救的地步。為了加快敘述故事的速度，這一切就交給讀者自行想像吧。簡單來說，拯救一切危機的，永遠是菰田家深不見底的財力，在金錢的力量下，沒有什麼事辦不到。

十三

然而，就算能度過重重難關、堵住悠悠眾口，唯獨在千代子的愛情面前，菰田家的萬貫家財一點也發揮不了力量。即使廣介能一如往常用錢收買她娘家的人，也無法帶給千代子一絲慰藉。

丈夫打從復活之後，性情就產生不可思議的變化，對於這謎團般的事實，千代子自身既無力解釋，又無法向他人傾訴，只能獨自承受內心的悲哀。

由於丈夫的奇行異狀，菰田家的財產瀕臨危機，這事雖然也令她掛心，可是這些物質層面的煩惱，遠遠比不上失去丈夫的愛更令她不知所措。她日日夜夜煩惱，始終想不通為何自從發生了那件事，過去深愛她的丈夫就像變了個人，激情完全冷卻。

「他看我的眼神裡，有一種令人戰慄的光芒。可是，那絕非出自憎恨，相反地，我從他眼中看見從未見過的情感，那是宛如初戀的純粹愛意。

然而，他對待我的態度卻是完全相反，原因到底出在哪裡呢？自從那件可怕的事發生後，他無論性情與體質都與過去不同，即使如此，我也從未懷疑過。可是最近，他只要一見到我，就像看見什麼可怕的東西似地逃走，真是令人百思不得其解。

如果他真的那麼討厭我，只要乾脆與我離婚即可，卻又不這麼做，反而連一句重話也不曾對我說過。不管背地裡多麼縱情聲色，看著我的眼神透露出的卻是想立刻撲向我的執著，委實教人難以捉摸。唉，我到底該如何是好？」

無論站在廣介的立場或站在千代子的立場，眼前的狀況都只能說是異常。再者，廣介還有事業這一大慰藉，只要將每天大部分的時間用於工作即可，千代子卻無法這麼做；不只如此，還得因為丈夫的作為承受娘家的責難，說她是個沒用的妻子。唯一能給她安慰的，只有從娘家陪嫁來的老媽子。丈夫的事業和丈夫這個人彷彿都跟她沒關係，那份寂寞與無奈，不是任何言語所能形容。

不用說，廣介當然非常明白千代子的悲傷。大多數時候他都留在沖之島上的辦公室過夜，偶爾回家時，則會刻意做出不自然的隔閡，不但連話都不和千代子說，晚上也分房睡。這麼一來，幾乎每個回家的夜晚，他都能聽到隔壁房的千代子壓低聲音哭泣。可是，他既無法安慰她，還常常連自己都跟著泫然欲泣。

雖說原因是擔心陰謀曝光，但這不自然到了極點的狀態能持續將近一年，也實在超乎想像。不過，一年對他們來說或許已是極限。很快地，他們之間的關係就因為一個小小的契機而出現破綻。

那天，由於沖之島上的工程已近乎完工，土木與造園的工作也已告一段落，廣介將主要相關人士召集到菰田家來，開了一場小型慶功宴。一想到自己的願望即將達成，廣介開心得像是飛上雲端，盡情地笑鬧，年輕的技師們也迎合他狂歡，直到過了深夜十二點，宴會才終於結束。

叫來陪酒的鎮上藝妓和藝妓見習生已經打道回府，賓客們有的就在菰田家過夜，有的則不知道又去哪裡狂歡，客廳如退潮後的海灘杯盤狼藉，廣介則獨自醉倒其中。當天晚上，照顧他的人正是妻子千代子。

隔天早上，廣介意外地七點多就醒了。一段甜美的回憶與難以名狀的悔恨同時躍然於胸，在幾番躊躇之後，他躡著腳走進千代子的房間。千代子臉色鐵青，動也不動地坐在房內，緊咬雙唇凝視著天空，彷彿變了個人。

「千代子，妳怎麼了？」

說著，他的內心已近乎絕望，只有表面上仍裝作若無其事。然而，事情一如他的預料，千代子依然盯著天空，一句話也沒有回應。

「千代……」

他正想再次呼喚她的名字，卻倏地噤口，因為，千代子正對他投以一道銳利的視線。光是這個眼神，他就明白了一切。他身上肯定有逝去的源三郎所有沒的特徵，而昨晚千代子發現了。

他還模糊地記得那個瞬間。她驚疑地從他身上退縮，身體僵硬，像死人一樣動彈不得。在那一刻，她已經察覺到某件事。從今天早上她鐵青的臉色也可明白，那可怕的疑惑仍清楚盤據在她心中。

打從一開始，自己對她一直那麼警戒；這一年來，他那麼努力壓抑熱情如火的愛意，獨自忍耐那麼久，都是為了避免出現這樣的破綻。然而，只不過是一次的疏忽，終究犯下不可挽回的錯誤，一切都完蛋了。千代子內心的疑惑今後只會不斷加深，沒有消除的一天。

如果她能將這份懷疑深埋心中，那也不必擔憂。問題是，既然知道這人是她正牌丈夫的仇敵、掠奪菰田家財產的惡人，她又怎麼可能放過他？這件事總有一天會傳進相關人士耳中。當高明的偵探伸出調查的手，真相很快就會暴露在光天化日之下。

「就算喝得再醉，我怎會犯下此等無可挽回的過錯？現在又該如何收拾這般局面？」

廣介後悔莫及。

他們夫妻倆，就這樣在千代子房間裡面面相覷，雙方不發一語，瞪視彼此好長一段時間。最後，千代子似乎再也承受不住恐懼。

「對不起，我覺得很不舒服，請讓我一個人靜一靜。」

千代子好不容易擠出這句話，說完便不由分說地趴上床。

十四

就在四天之後，廣介決定殺害千代子。

至於千代子，儘管對廣介一時產生強烈的敵意，經過反覆思量又告訴自己，就算真的發現什麼證據，證明那個人不是源三郎，這世界上又怎會有兩個人長得如此相像？當然，整個廣大的日本未必找不到臉型完全相同的兩個人，假設真有如此一模一樣的人，那個人又怎能剛好從源三郎的墳墓中復活？誰能做出這種魔法一般的事呢？

「該不會是我可恥地搞錯了吧？」

這麼一想，就覺得自己實在太失禮，竟然對丈夫做出那種事。

然而另一方面，復活之後的丈夫性情大變，在沖之島展開莫名其妙的大工程，又原因不明地疏遠自己，再加上那晚不動如山的證據，還是令千代子無法不懷疑。她也曾想過，是否不該自己一人胡思亂想，乾脆找個人坦白心中的疑惑、聽聽別人的意見，這或許是個辦法。

廣介則從那天晚上之後，因為實在太過擔心，便謊稱生病，躲在家中閉門不出，也不去島上監工，只為了監視千代了的一舉一動。幾天下來，他已大致能掌握千代子的心思。

照這情形看來，他暫時應該可以放心。不過，千代子在那之後將照料丈夫的工作完全交給女傭，自己絕對不靠近他，也幾乎不和他說話，看她這副模樣，果然還是不可掉以輕心。畢竟，難保她不會對外面的人洩漏祕密，不，就算不告訴外面的人，哪天也可能被家中傭人得知。一思及此，廣介實在坐立難安。他躊躇了四天，終於下定殺害千代子的決心。

那天下午，他將千代子喚來自己的房間，裝出若無其事的樣子提議：

「我身體也康復了，差不多該再回去島上。這次過去，直到工程結束之前都不會回來，所以我想，這段時間也帶妳一起過去，在島上生活一陣子。怎麼樣？要不要出門散散心？我那超乎想像的事業已大致完成，一直想讓妳看看。」

千代子果然不改懷疑的態度，找了許多藉口拒絕他的建議。

他又是哄騙又是威脅，花了好一番功夫，整整三十分鐘說得嘴巴都痠了，終於在半恐嚇的狀態下讓她點頭。儘管千代子內心對廣介仍有懷疑，之所以會答應這個提議，一方面也是因為，即使明知眼前的丈夫可能不是源三郎，千代子仍對他懷有眷戀之情。

說好要去之後，兩人又針對要不要帶老媽子同行等問題爭辯一番，最後決定不帶任何人同行，只有他和千代子兩人搭乘那天下午的火車出發。反正就算不帶任何傭人，島上也有多得數不清的女人，不必擔心無人侍奉。

火車沿著海岸搖晃一小時，抵達終點T車站，他們在那裡換乘事先準備的汽艇，再度乘風破浪了一小時，終於到達目的地沖之島。

對於與丈夫睽違已久的兩人旅行，千代子除了一股莫名的恐懼之外，也確實感到不可思議的快樂。她內心不住祈禱，希望那天晚上真的是自己誤會了。

開心的是，無論在火車或汽艇上，丈夫總是那麼溫柔，頻頻和她說話，對她百般照料。有時指著窗外，和她一起欣賞飛逝的風景。這異樣的甜蜜與懷念的感覺，令千代子想起當年的蜜月旅行，因此，似乎也在不知不覺中忘卻盤旋內心深處的可怕疑慮。無論明天會變成怎樣，她只希望眼前歡樂的時光多延長一刻。

船漸漸靠近沖之島，來到距離島嶼岸邊不到一百二十尺的地方，看見一個狀似巨大浮標的東西漂浮在海面上，船就在那旁邊停下來。浮標表面釘著十二尺見方的鐵板，中央開著一個看似船艙口的小洞。兩人踏上船與浮標中間的踏板，走上浮標。

「妳先從這裡好好看一眼島上的情形。看到那座高聳的岩山了嗎？那其實是水泥做成的牆壁，從外側看來，只會覺得是島嶼的一部分，實則內部隱藏了許多美妙的事物。妳再看岩山上方的高台，那裡尚未完工，完成之後會是一座巨大的空中庭園，換句話說，就是天上的花園。接下來，我將帶妳參觀我一手打造的夢想國度。一點也不用害怕，從這個入口下去後，通過海底，很快就能走到島上。來，讓我牽著妳，跟我來吧。」

廣介溫柔體貼地牽起千代子的手。

他也和千代子一樣，對於兩人手牽手橫渡海底一事感到莫名開心。明知總有一天要親手殺死她，但也正因為如此，她柔軟的肌膚觸感更是縈繞心頭。

走下入口，沿著三十餘尺長的細長暗穴往下，便來到一處如同普通建築物走廊的地方，旁邊是一條隧道。

才剛走下這裡，還沒踏出第一步，千代子就忍不住發出驚呼。因為這條隧道上下左右都能看見海底，是一條玻璃製成的透明隧道。

在水泥外框中鑲入厚重的玻璃，外面裝上強力電燈，將上下左右、半徑約莫十餘尺內的不可思議海底景觀看得一清二楚。有黏滑的黑色岩石、巨大動物鬃毛般搖曳的水草，魚的種類則是陸上人們難以想像的豐富；還有像車子一般大，張開八隻腳用噁心的突起吸附在玻璃板上的大章魚；蝦子在岩石表面蠢動，彷彿水中的蜘蛛。這一切在強光照射下，隔著一層厚重的海水顯得朦朦朧朧。朝遠方望去，海水如森林般泛著黑藍色，不知其中擠著多少蠢蠢欲動的不知名怪物。這猶如惡夢的光景，在陸地上完全無法想像。

「如何？這景象很驚人吧？不過這才只是入口喔，朝這個方向前進，可以看到更有趣的東西。」

廣介安撫著被詭異景象嚇得臉色鐵青的千代子，得意洋洋地為她說明。

十五

成為菰田源三郎的人見廣介，與是他的妻子卻又不是他妻子的千代子，展開這場奇妙的蜜月旅行，是命運多麼惡意的捉弄？就這樣，他們徘徊於廣介打造出來的夢想國度、人間樂園之中。

兩人一方面對彼此懷著無限依戀，另一方面，廣介心中打著殺害千代子的主意，千代子則無法放棄對廣介的恐懼與猜疑，彼此都在試探對方的心情。可是，這麼做不僅未激發兩人的敵意，反而帶他們陷入難以置信的甜美情懷中。

廣介曾一度打消殺害千代子的念頭，猶豫著是否該將身心奉獻給與千代子之間這段不正常的戀情。

「千代子，妳會不會寂寞？像這樣和我獨處，漫步海底……會不會讓妳害怕？」

他忽然這麼說。

「不，我一點也不害怕。雖然玻璃另一端的海底景觀非常詭異，但只要一想到你在我身邊，我就一點也不害怕。」

她帶著幾分撒嬌的語氣，緊貼著他的身體這麼回答。不知何時，她已忘卻內心恐懼的疑念，一心沉醉在眼前的歡樂中。

玻璃隧道劃出不可思議的曲線，像一條大蛇般蜿蜒伸展。

即使有幾百燭光的電燈照射，海底仍是一片混濁的黑暗。重重壓上來的寒冷空氣、遙遠頂上波浪拍打海面的低鳴、隔著玻璃在深藍海底世界蠢動的生物們，簡直就是另一個世界的風景。

在海底隧道中前進了一會兒，千代子慢慢從最初的盲目恐懼，轉變為單純的驚訝；更加適應之後，她也開始深深沉醉於如夢似幻的海底魅力。

燈光照不到的遠方魚群只看得見眼珠，閃亮如飛過夏日夜晚河川表面的螢火蟲，拖著彗星般的尾巴，散發妖異的燐光上下左右交錯游動。當魚群跟著燈光游到玻璃板旁，跨越了黑暗與光明的交界，逐漸顯現出各種不同的形狀與繽紛多樣的色彩，且在燈光的照耀下，異樣的程度更上一層樓，實在難以用言語形容。

巨大的魚嘴朝向正面，尾鰭不動，宛如一艘潛水艇般迅速穿越海水，原本如在濃霧中的朦朧身影愈來愈大，不久，像是在電影裡看過的火車那樣逼近眼前，幾乎要撞上來。

時而往上、時而往下、時而右轉、時而左彎，這條玻璃隧道綿延島嶼沿岸近百尺之長。攀到將近最高處時，玻璃天花板幾乎碰到海面，不需依賴電燈的光線也能看清楚周遭。下到最底層時，幾百燭光的電燈也只能照亮眼前一、兩尺左右的距離，視野一片白茫茫，看不見的另一端宛若黑暗的地獄，不知何處是盡頭。

在海邊長大，看慣也聽慣了大海的千代子，終歸是第一次體驗海底旅行，那些匪夷所思、鮮豔刺眼、妖異可怕的情景，帶有莫名吸引人的異境之美。在這豔麗得教人害怕的海底異世界，怎麼可能抗拒那股難以名狀的誘惑？

那些在陸地上顯得乾燥堅硬、無法帶來任何感動的海草，如今正在眼前呼吸、生育、彼此愛撫或鬥爭，用難以理解的語言交談。目睹這幅景象的她，對生育繁衍時的它們異常的模樣感到害怕，不由得一陣退縮。

褐色的昆布大森林，宛如暴風雨中瘋狂交纏的林梢，隨著微微搖晃的海水擺動。噁心的褐藻像得過痲瘋病的臉，長滿腐爛的洞。厚葉翅藻像是醜陋的手腳揮舞掙扎的大蜘蛛，令滑溜的皮膚起雞皮疙瘩。宛如海底仙人掌的搗布褐藻、椰子樹般巨大的任氏馬尾藻、教人懷疑是不是與討厭的蛔蟲有親屬關係的繩藻、彷彿一團綠色火焰的青海苔，以及整片的刺松藻大平原。除了少數外露的岩石，這些海草幾乎覆蓋整個海底，不知道根部形成什麼模樣？是否有可怕的生物盤據其中？大量海藻只伸出上半部的葉尖，像無數彼此糾纏、戲耍、鬥爭的蛇頭。隔著深黑藍色的海水，隱約可藉由電燈的光芒看見這些景象。

有些地方長滿一大叢紅藻，看起來像大屠殺過後留下的紅黑色血跡。俗稱牛毛海苔的海草像披頭散髮的紅髮女人，俗稱雞爪海苔的海草則真的呈現雞爪形狀，還有看似巨大蜈蚣的蜈蚣藻。其中最詭異的，是宛如整座雞冠花壇沉落海底般的鮮紅色大叢雞冠藻。在黑暗海底看見紅色時的那種震撼，在陸地上全然無法想像。

不僅如此，撥開有黃色、藍色、紅色等各種顏色，形狀神似交纏蛇信的奇形海草後，前方出現剛才也提到過的螢火蟲魚眼，以數十、數百的數量衝上來。魚群進入燈光照亮的範圍後，便如幻燈畫面般顯現出不可思議的模樣。

外表猙獰的虎鯊與貓鯊翻出毫無血色的白色腹部，有時以一副街頭狂魔的姿態快速橫過眼前，有時露出彷彿與人有深仇大恨的眼神衝撞玻璃，似乎打算將玻璃撞破。這種時候，緊貼在玻璃板外側的貪婪厚唇，看起來真的就像個欺負弱小的惡人，扭曲的嘴巴淌著骯髒的口水。聯想到接下來的事，令千代子情不自禁打顫。

若以海底猛獸來比喻小鯊類，那麼，這些出現在玻璃隧道上的海中生物，比方說蝦子就可比喻為海底猛禽，鰻魚、海鱔之類的魚類就可以比喻為毒蛇吧。

說到活生生的魚，陸地上的人們頂多只在水族館的玻璃箱裡看過，或許會認為這樣的比喻太誇大。只有親身深入海底，看過外表溫馴的蝦子在海中呈現的樣貌，又或是親眼目睹海蛇親戚的鰻魚在海藻間遊走時的驚悚畫面，才能真正體會。

若說恐懼能加深美感，世上一定沒有比海底更美的景色。至少，千代子在初次的海底體驗中，感受到有生以來從未感受過的夢幻之美。

黑暗彼端忽然傳來巨大生物的氣息，隨著兩道燐光逐漸消散，燈光中緩緩出現的是有著鮮豔條紋的白吻立旗鯛的英姿。看到這一幕，她不由得發出驚嘆，在恐懼與歡喜交織的情緒中，用力抓緊丈夫的衣袖。

散發青白色光芒的豐滿菱形軀體上，有著兩道旭日旗般的粗條紋，那美麗的黑褐色條紋又像是兩道刷痕，在燈光照射下，幾乎閃現金色的光芒。妖婦般有著黑眼圈的巨大雙眼、突出的口唇，以及豎立的一片背鰭，形似戰國武將鎧甲上的裝飾，自在悠游於海水中。只見牠大幅扭轉身體朝玻璃板游近，再改變方向，沿著玻璃板游到她面前，這令千代子忍不住再度發出歡呼。那並非畫家在畫布上創作的圖案，而是一隻活生生的生物，這對她而言無疑是值得驚奇的視覺饗宴。

然而，隨著不斷前進，她再也無暇對單一條魚發出驚嘆。玻璃板外，接二連三出現前來迎接她的大群魚類，那樣鮮豔、那樣詭異。雀鯛、天狗鯛、金花魚……有些身上是泛著紫色與金色光芒的條紋，有些身上的斑紋像是用水彩染成，如果要用一般言語形容，或許只能說是如同惡夢般的美麗。沒錯，完全是令人戰慄的惡夢中才看得見的美景。

「前面還有很多我想讓妳看的東西。那是我不顧所有人的忠言勸諫、不惜散盡家產，賭上一輩子想完成的大事業。雖然尚未竣工，但我創造的藝術品有多麼氣派，在讓其他人看見之前，希望能先展示在妳眼前。然後，我想要聽聽妳的評語，雖然妳可能無法理解我這番事業的價值……妳看這裡，海底看起來是不是別有一番風貌？」

廣介輕聲低喃，語氣中帶著某種熱切。

朝他手指的地方望去，那是玻璃板下方一處直徑不到三寸的奇妙隆起，看似正好嵌在另一塊玻璃中。在他的推薦下，千代子彎下腰，戰戰兢兢地湊上眼睛。

起初，視野全體呈現雲朵般的朦朧，千代子在一頭霧水下試著多次改變眼睛和那處隆起的距離，很快地，她終於看清另一頭正在蠢動的某種生物。

十六

眼前的地面上，有個約是一人環抱大小的岩石在滾動，還有幾個形狀像是將飛行船氣囊直立起來的褐色囊狀物漂浮著，隨著水流微微晃動。

看著這超乎想像的畫面時，大氣囊後方的水忽然出現異樣翻湧，一頭宛如畫中太古飛龍般的可怕怪物，正撥開氣囊緩緩探出頭來。

千代子大驚失色，身體卻像被磁鐵吸住無法後退，同時，因為逐漸明白發生了什麼事，倒也不那麼擔心，乾脆動也不動地觀察起這不可思議的生物。這隻從正面看來臉的大小比氣囊大了好幾倍的怪物，開闔著幾乎將臉一分為二的血盆大口，彷彿一隻飛龍，擺動著背上高高隆起的數個突起物，邁開嶙峋短足，朝這邊步步逼近。

當牠來到眼前時，千代子真是恐懼不已。這是一隻從正面看來幾乎只有一張臉的怪物，短腿旁就是洞開的大嘴，和大象一樣細長的眼睛旁是背上的突起物，皮膚凹凸不平，似乎相當粗糙，上面還有突起的醜陋黑色斑點。看在她眼中，那些斑點說不定有一座小山大。

「親愛的、親愛的……」

她終於轉動視線，彷彿遭到攻擊似地望向丈夫。

「怎麼？沒什麼好怕的啊，妳剛才看的是高倍率放大鏡。透過普通玻璃看出去就知道了，那只是一條小魚。這種魚叫做躄魚，是鮟鱇魚的一種，那傢伙是用魚鰭變形而成的腳在海底匍匐爬動。喔，妳說那個囊狀物？正如妳所見，那是一種海藻，好像叫做綿藻吧，形狀就像是個囊。好，我們再過去另一邊看看吧。我剛才交代過船上的人，只要時間配合得來，應該能看見有趣的東西喔。」

即使聽了丈夫的說明，千代子仍難以抵抗想再看一次那醜惡生物的誘惑，一而再、再而三地把眼睛湊上廣介半開玩笑設置的放大鏡，不斷重新細看放大鏡下的生物。

不過，最後更令她驚訝的不是精雕細琢的放大鏡裝置，也不是尋常海藻或一般魚貝類，而是比那濃豔好幾倍、既鮮麗又詭異的東西。

向前走了一會兒，她感覺到頭上傳來微弱的聲音，像是某種波動。在某種預感之下，她倏地停下腳步。只見前方似乎游來一條極為巨大的魚，尾端拖曳出無數細密的泡沫，鑽過黑暗的海水。當那異常柔滑白嫩的身體一出現在燈光下，立刻又以驚人的速度隱沒在海藻貪求獵物的觸手叢中。

「親愛的……」

她不得不再次緊緊勾住丈夫的手臂。

「看清楚，看看那海藻的地方。」

廣介鼓勵著她。

乍看之下像火焰毛毯的整片紅藻上，只有一個地方異常紊亂，冒出無數珍珠般具有光澤的泡沫。凝神細看，冒出泡沫的地方有一白皙柔滑的物體，像一片紫菜吸附在海底。

不久，昆布似的黑髮如霧靄般緩緩漂動散開，底下露出白皙的額頭，與笑咪咪的雙眼，接著是微露貝齒的紅唇。那是一個女人，她以趴在地上只有臉部朝前的姿勢，慢慢朝玻璃板的方向接近。

「不用怕，那是我僱用的擅長潛水的女人。她是來迎接我們的。」

廣介抱住腳步踉蹌、差點摔倒的千代子，如此說明。千代子喘著氣，孩子似地大喊：

「哎呀，嚇我一大跳。這樣的海底竟然會有人！」

海底裸女來到玻璃板旁，輕飄飄地站起來。頭上的黑髮盤旋，表情痛苦扭曲卻帶著笑，乳房浮起，身上附著一大片晶亮的泡沫。這樣的她，與玻璃隧道內的兩人並排，用手扶著玻璃牆壁往前走。

隔著玻璃板，兩人在人魚的引導下前進。

這條細長的海底隧道愈前進愈曲折，而且到處有不知是刻意還是巧合造成的玻璃折射現象，看起來非常不可思議。每次經過那些地方，裸女的身體看來不是被撕成兩半，就是身首異處、只有頭部騰空，或是只有臉部變得異常巨大。這裡究竟是地獄還是天堂？無論如何，眼前不斷展開有如詭譎惡夢般的景象。

過不了多久，人魚在水中的耐力似乎已達到極限，吐出肺臟中積蓄的最後一口空氣。那一大團泡沫消失在遙遠天空時，她留下最後一抹笑容，手腳如魚鰭般划動著緩緩升空。雙腳在半空中舞動的動作，令人聯想到跺地不服的頑童，很快地，白皙的腳底已在頭頂遠處擺動，裸女終於消失在視野之外。

十七

這場非比尋常的海底旅行，讓千代子的心脫離人世常軌，不知不覺中徘徊於無邊無際的夢幻國境。

無論是T市也好，菰田家大宅也好，或是她娘家的人也好，一切的一切彷彿遙遠的夢，親子、夫妻、主從等所有人際關係都在意識之外，如晚霞般朦朧。如今占據她芳心的，只剩下震撼心魂的異世界誘惑，以及對眼前唯一異性心魂酥麻的依戀，宛如夜空中的煙火般絢爛迷人，不管這人是不是自己真正的丈夫。

「來，接下來是一段比較暗的通道，讓我牽著妳才不會危險。」

很快地，玻璃隧道已到盡頭，廣介體貼地轉身對千代子這麼說。

「好的。」

千代子回應著，拉住他的手。

通道忽然暗下來，轉入開鑿岩石而成的蜿蜒洞窟，這是一條勉強僅容一人通過的狹長通道。兩人究竟是已抵達陸地，還是依然身處海底岩窟，千代子毫無頭緒，內心瀰漫難以言喻的恐懼。不過，比起那樣的恐懼，與男人彷彿指尖血管都要相連般緊握的手，更令她欣喜無比。這件事占據她的心房，使她沒有餘暇顧及對黑暗的恐懼。

在黑暗中摸索著前進，千代子覺得好像走了三千多尺那麼遠，事實上，這段距離頂多只有數十尺。視野豁然開朗時，她不由得為眼前壯麗的景色發出驚呼。

視線所及之處橫亙著幾乎形成一直線的大溪谷，兩岸是高聳入雲的絕壁，給人一種壓上眉梢的壓迫感；溪谷間平靜無波的深綠色溪流，寬度約莫百餘尺，流向視線所及的遠方。

這座乍看之下天然的大溪谷，仔細觀察就能慢慢察覺一切皆出於人工。這並不是說這座溪谷留有醜陋的人工斧鑿痕跡，而是以天然風景來說，未免太工整又太純淨無瑕。

水面沒有一片塵埃，斷崖上沒有一莖雜草，岩石如羊羹切面般平整且顏色深濃，倒映在溪水上使得水面宛如黑色油漆。因此，剛才說的豁然開朗，並不是普通的明亮寬敞之意。溪谷深處雲霞瀰漫，絕壁高得必須抬頭仰望，可是黑暗的地方黑得像是妖婦的黑眼圈，明亮的地方只有絕壁與絕壁之間露出的細長天空，那種明亮和平地上看到的不同，即使白天也呈現日暮時的鼠灰色，甚至看得到星光閃爍。

最奇特的是，這座溪谷與其說是谷，不如說是一條非常深又細長的池子，兩端皆是堵死的，一頭是兩人剛才走出來的海底隧道出口，另一頭則隱約可看出是一座詭異的階梯。

這座階梯正好位於兩側斷崖逐漸變窄直到重合之處，從水中向上延伸，高聳得彷彿直衝雲霄。景色之中，只有這座階梯呈現突兀的純白色，和周遭的黑色形成清楚區隔，看起來極度不可思議，簡直像一座大瀑布。因為構圖單純，更增添一層崇高的美感。

就在千代子看著這片壯麗景色看得入迷時，廣介似乎打了某種暗號，她回過神，眼前不知何時出現兩隻非常大的天鵝，驕傲地揚著細長的脖子，豐盈的胸脯旁漾出兩、三圈漣漪，朝兩人靜靜游來。

「哇，好大的天鵝。」

千代子發出驚嘆。幾乎同一時間，其中一隻天鵝的喉部傳出人類女性美妙的聲音。

「請坐上來吧。」

這下子，千代子連驚嘆的餘暇都沒有。廣介抱起她，放在前方那隻天鵝背上，自己也跨上另外一隻。

「沒什麼好害怕的，千代子，這些都是我的家臣。走吧，天鵝，將我們兩人帶到對岸的石階處。」

天鵝既然會說人話，自然也聽得懂主人的命令。她們整齊地並排，純白的身影滑過漆黑水面，靜靜地游向前去。

千代子震驚得說不出話來，過一會兒才發現，自己腿下隆起的絕不是水禽類的肌肉，那一定是穿著一身羽毛的人類肉體。

大概有個女人趴在這件天鵝外衣裡，手腳並用地划水前進吧。柔軟的肩膀與臀肉蠕動的感覺，以及隔著衣服傳來的體溫，都是屬於人類的，而且是年輕女性獨有的特徵。

然而，千代子還來不及細細觀察天鵝的真面目，眼神就被更奇幻，或者說更豔麗的光景給吸引。

當天鵝前進了百餘尺，身旁忽有什麼從水底浮現。浮起之後，和天鵝並排游著泳、扭頭朝千代子看過來的那張笑吟吟臉蛋，毫無疑問正是剛才在海底為她帶來驚喜的人魚。

「哎呀，妳是剛才的……」

即使這麼對她搭話，人魚也只是拘謹地笑著，沒有回話。溫婉地打過招呼後，她繼續靜靜地游泳。驚人的是，人魚不只有她，不知不覺又冒出一個、兩個……數名和她同樣年輕的裸女成群結隊地出現，有的潛入水底，有的跳出水面，有的嬉戲，有的與兩頭天鵝並行，有的超越她們游向前方，從遠處的水面浮出身子朝兩人招手。她們身後是黑夜般的絕壁與漆黑水面，一絲不掛的身影躍動嬉戲的模樣，看起來像一幅描繪希臘神話的名畫。

很快地，當天鵝游到半途時，宛如呼應水面的人魚們，高聳的絕壁上、與藍天交界之處，出現幾名同樣裸體的女人。然後，各個似乎都是游泳高手，接二連三朝距離崖頂有幾丈之遙的水面縱身跳下。其中有些人因倒立而髮絲紊亂，有些人抱著膝蓋旋轉，有些人伸出雙手、弓起背部，各種姿態的裸女如風中翩翩飛舞的花瓣，從黑色岩壁上跳下來，濺起高高的水花再深深沉入水中。

在眾多肉體簇擁下，兩頭天鵝靜靜抵達目的地的石階。靠近一看，不知道有幾百級的純白石階高聳入雲，極具壓迫感，光是抬頭仰望，就讓千代子體內湧起一股難以名狀的興奮。

十八

「我一定爬不上去。」

從天鵝背上下來，千代子一站在地上，就這麼害怕地這麼說。

「怎麼？沒有妳想像的那麼高啦。我會牽著妳，爬上去看看，絕對不危險。」

「可是……」

千代子仍在遲疑，廣介已滿不在乎地拉起她的手踏上石階，接著，兩人一眨眼就爬上二十級。

「妳看，是不是一點也不可怕？來，喘口氣吧。」

兩人就這樣拾級而上，令她百思不得其解的是，竟然很快就爬到梯頂。從下方仰望這座階梯時，數不清究竟有幾百階，看似高聳入雲霄，實際爬起來卻不到百階，絕對沒有想像中的那麼高。

階梯看起來那麼高，是膽小的自己產生了錯覺嗎？可是，兩者之間的落差實在太大，千代子怎麼也想不通。後來她才知道，和剛才在海底把鱷魚當成太古時代的怪物一樣，這也是一種視覺上的幻覺。這類幻覺充滿整座島嶼，令這裡的景色更加美不勝收。現在腳下階梯的階數在視覺上與現實中的差異，肯定也是其中一種。只不過，在聽廣介說明之前，她一點也不明白。

總而言之，他們現在站在階梯頂端的高台上，眺望前方即將前去的地方。

眼前是一塊狹窄的斜坡草皮，沿著斜坡下去，道路隨即沒入鬱鬱蒼蒼的大森林。回頭看，呈現巨大船型的溪谷，在斷崖底下張著漆黑大口。載他們過來的兩頭天鵝，則像兩團浮在水面的白色紙屑，看起來令人擔憂。轉過頭，即將前往的地方是一片陰濕幽暗的森林。將這兩種迥異風景隔開的小小一塊草皮，在晚春午後熾熱的陽光下熊熊燃燒，熱氣蒸騰的草地上有白色蝴蝶低飛而過。目睹這般奇異的景象，千代子不由得發出感嘆，這真是美得太不自然。

放眼望去，一望無際的老杉大森林，以積雲翻湧的形狀呈現，枝枒交錯、葉片相疊，向陽處閃耀著金黃色光芒，林蔭處則如深海般沉澱濃黑，打造出有趣的斑斕花紋。這片森林最厲害的地方，就是站在高台上俯瞰全貌時，竟令觀者心中漸漸湧現一股異樣的情感。

引發這股情感的，或許是那幾乎要遮蔽整片天空的雄偉森林；又或許，是那剛萌芽的嫩葉散發的壓倒性野獸香氣。除此之外，細心的觀察者一定能察覺惡魔加諸於整座森林的鬼斧神工，發現大森林的全貌本身就是世間罕見的妖魔。儘管斧鑿的痕跡以近乎神經質的方式掩蓋，只能辨別出模模糊糊的跡象，然而，愈是朦朧模糊，愈是加深這座森林的恐怖。

這座森林恐怕不是自然形成，而是在極端浩大的工程下，人工打造出來的。

看著這些異樣風景，千代子無論如何都不認為丈夫源三郎心底藏有如此駭人的興趣，不由得加深了內心的懷疑，愈來愈相信現在站在自己身邊的男人，只是一個與丈夫非常相似的陌生人。

然而，她異常的心理狀態又該如何解釋？一方面疑念隨著時間流逝不斷加深，一方面對這來歷不明男人的思慕之情，卻也愈來愈難壓抑。

「千代子，妳在發什麼呆？難道妳又懼怕這座森林嗎？這全是我的創作啊，一點都不可怕。走吧，那棵樹下有我溫馴的僕人正等著我們。」

千代子順著廣介所說的方向看去，森林入口處的杉樹下，繫著兩匹毛皮油亮、不知被誰丟棄的驢子，正在啃地上的草。

「我們非得進去那座森林不可嗎？」

「是啊。沒什麼好擔心的，這兩匹驢子會安全帶領我們進去。」

接著，兩人跨上玩具般的驢子，進入深邃不見盡頭的黑暗森林。

森林中，樹葉層層疊疊、密密麻麻，完全看不見頭頂的天空，但又不是完完全全的黑暗。宛如夕陽的微光彷彿霧氣籠罩四周，勉強看得見前方的路。

巨大的樹幹聳立，狀似佛門聖地的大圓柱，青葉交織成的拱頂連結起一根一根柱頂，腳下的杉樹落葉鋪成厚厚的地毯。站在森林裡，感覺就像站在負有盛名的大寺院或教堂中，然而神秘幽玄的感覺又更勝數倍，令人震撼。

林蔭步道的調和與均勻，絕對不是天然景物所能比擬。舉例來說，這片遼闊的大森林全以杉樹巨木組成，未摻雜其他樹種，也看不到一根雜草；樹木的間隔配置肯定經過不為人知的計算，醞釀出一種難以言喻的美感；樹下的蜿蜒小路呈現出不可思議的扭曲線條，在觀者心中投下一絲異樣情感。從以上幾點看來，這片風景顯然出自創作者凌駕於大自然之上的創意，恐怕連樹葉拱頂的流暢勻整程度，以及踩上落葉地毯的舒適感，都是經過細心斟酌之後的人工成果吧。

載著主人的兩匹驢子踩著厚厚的落葉，未發出一點蹄聲，靜靜走在黑暗林蔭中。

耳邊聽不到野獸或鳥類的叫聲，死亡般的幽寂占據整座森林。然而，繼續往深處前進後，彷彿為了將那份靜謐襯托得更為深層，頭頂看不見的樹梢上傳來風吹過時沉重的回音，聽來和管風琴聲很像。奇妙的樂音奏著幽玄的曲調，激烈地響起。

兩個渺小的人類騎在驢背上，低著頭不發一語。千代子抬起頭，嘴巴似乎動了動，但終究一個字也沒有說出口，又再次低下頭。驢子心無旁騖地默默前進。

行進了一會兒，千代子察覺森林的樣貌似乎有所改變。

不知來自何處的銀色光芒，照進至今始終保持幽暗的森林中，使得落葉閃閃發光；舉目所及之處，所有巨大的樹幹都有一半被照得耀眼奪目，彷彿無數漆黑的大圓柱半邊發出銀光，實在美得令人驚嘆。

「森林要到盡頭了嗎？」

千代子以大夢初醒般的沙啞聲音問。

「不不不，前面有個沼澤，我們現在應該快到那裡了。」

很快地，他們來到那片沼澤邊。

沼澤的形狀恰似鬼火，一頭渾圓，另一頭的岸邊則像火焰記號，有三處深深凹陷。沼澤裡的水沉甸甸的，看似水銀。

老杉樹深黑藍色的影子，占據了光滑如鏡的水面大部分的面積，另外一小部分則是倒映的藍天。到了這裡已聽不見任何音樂聲，萬物靜寂沉默、靜止不動，墜入深深的睡眠。

為了不破壞這片靜寂，兩人悄悄爬下驢背，安安靜靜地走向岸邊。彼端突出的部分，長有這片森林裡唯一例外的幾棵山茶花老樹。老樹高約一丈，深綠色的樹葉上滲血般開著鮮紅色的繁花。最驚人的是，花蔭下微暗的空地上有一個美麗的姑娘，牛奶色的肌膚裸露，鬱鬱寡歡地趴在長滿青苔的地上，手托著下巴，默默凝視著沼澤。

「哎呀，這種地方怎麼會……」

千代子失聲叫了起來。

「別說話。」

為了不驚動那位姑娘，廣介做了個手勢制止千代子。

也不知道那位姑娘是否知曉旁觀者的存在，只見她依然出神地凝視著沼面。

森林裡的沼澤、岸邊的山茶花樹、趴在地上出神的裸女，這些極為簡單的元素組合，呈現出絕頂美妙的效果。如果這並非偶然形成，而是別有用心的構圖，只能說廣介一定是位非常出色的畫家。

兩人站在岸邊許久，眺望眼前如夢一般的景色。這段漫長的時間裡，姑娘只重新交疊一次豐滿的雙腿，自始至終毫不厭倦地以憂鬱的眼神凝視沼澤。

過不久，在廣介的催促下，千代子重新騎上驢背。正要從沼澤邊離去時，綻放在姑娘正上方的一朵大山茶花，彷彿滴落的液體般落在少女渾圓的肩頭，再滑入沼澤水面。可是，這一切實在太過安靜，靜得連沼澤裡的水都沒發現落下的茶花。花朵並未在水面激起一絲漣漪，鏡面般的水仍是如此平靜光滑。

十九

兩人接著在太古森林中繼續騎著驢子前進一會兒，千代子卻覺得愈是深入森林，愈不知何處才是盡頭。到底該怎麼走才能離開這裡，就算想回到入口似乎也找不到來時路，只能任憑驢子帶著他們往前走，內心漸漸不安了起來。

然而，這座島上風景最玄妙的地方，就在於看似前進實則折返、看似登高實則下降，前一秒還在地底，下一秒卻身處山頂，原本的曠野在不知不覺中變成小路，有各式各樣千奇百怪的設計。現在這片森林也一樣，在不斷深入直到勾起旅人內心的莫名不安時，森林開始展現出盡頭就在不遠處的形貌。

原本一直保持適度間隔的大樹，樹幹與樹幹間的距離愈來愈短，曾幾何時，樹幹構成了幾道密密麻麻，不見縫隙的樹牆。此時頭上已沒有綠葉相連而成的拱頂，繁茂的枝葉垂至地面，深邃的黑暗益發濃密，幾乎連咫尺之外的景物都看不清。

「好，丟下驢子吧，接下來跟著我走。」

廣介下了驢背，牽起千代子的手幫她落地，不由分說地走進前方黑暗中。身體在樹幹間鑽行，枝葉數度擋住去向，兩人穿過沒有路的路，像地鼠般前進。接著，在通過一段狹窄擁擠的空間後，身體忽然變輕了，回過神來，才驚覺此處已不是森林，白晃晃的燦爛陽光照在毫無遮蔽的綠色草地上。令人匪夷所思的是，無論怎麼張望，都完全看不見那片森林的蹤影。

「哎呀，我的腦袋是怎麼了？」

千代子苦惱地按著太陽穴，求救似地回頭看廣介。

「不，不是妳腦袋的問題。這座島上的旅程，就是要經歷一個又一個不同的世界。我在這座島上創造了好幾個世界，這就是我的計畫。

妳聽過『帕諾拉馬』嗎？當我還是小學生時，日本曾非常流行這種展覽物。要看這個展覽，首先必須通過一段狹長黑暗的通道。出了通道，視野立刻變得開闊，眼前出現另一個世界，一個和觀眾原本生活的世界完全不同的世界。

那是多麼驚人的欺瞞啊！帕諾拉馬館外有電車奔馳，有許多賣東西的攤販，有成排的商家。外頭總有絡繹不絕的民眾經過，日復一日一成不變。我家就在眾商家之中。然而，一旦進入帕諾拉馬館，那些東西便全部消失，出現在眼前的是遼闊的滿州國原野，綿延直到地平線的另一端。在那片曠野上，正進行著令人不敢直視的血腥戰爭。」

廣介邊踏碎草原上熱氣形成的海市蜃樓邊敘述，千代子則是帶著做夢般的心情追上愛人的腳步。

「建築物外有個世界，建築物裡也有個世界，這兩個世界擁有各自不同的土地、天空和地平線。

帕諾拉馬館外，確實是見慣了的熟悉街道，但從帕諾拉馬館中任何角度看出去，卻都看不到那個世界的影子，只有無邊無際的滿州國曠野，綿延直到地平線的另一端。換句話說，在同一塊土地上，竟然出現曠野與街道的雙重世界，或者至少是引起了這樣的錯覺。

個中方法正如妳所知，是用描繪了景色的高牆團團圍住觀眾席，前方配置真正的泥土、樹木和人偶，藉此模糊現實與壁畫的交界；又為了隱藏上方的天花板，故意將觀眾席搭建得深一點，如此而已。

忘了是什麼時候，我曾聽說過發明帕諾拉馬的法國人故事。根據我聽來的內容，最初發明帕諾拉馬的人是有意藉此打造一個新世界。如同小說家在紙上、演員在舞台上各自創造出一個世界是一樣的道理，他也用獨特的科學方法，在那小小的建築物中，嘗試創造出另一個壯闊的世界。」

說著，廣介舉起手，指向海市蜃樓與草香味的另一端，朦朧的綠色曠野與藍天交界處。

「看到那片遼闊的草原，妳難道不覺得奇妙嗎？這小小的沖之島上就算有原野，也不可能如此遼闊吧。

看清楚一點，到那條地平線為止，確實有幾哩的距離。但是老實說，在地平線前方不是應該先出現海洋嗎？而且在這座島上，無論是剛才穿過的森林還是現在眼前的原野，每一處不同的風景起碼都占地數哩。就算沖之島的面積有整個M縣那麼大，恐怕還是不夠吧。

妳懂我的意思嗎？意思就是，我在這座島上打造出好幾個各自獨立的帕諾拉馬。到目前為止，我們經歷了海中、谷底及森林，經過的一直是昏暗的小徑。那小徑或許可等同於帕諾拉馬館入口的暗道。現在我們站在春日陽光、海市蜃樓與草香之中，這場景豈不是呼應了鑽出暗道時，那種恍如大夢初醒般豁然開朗的心境嗎？

接下來，我們終於要正式前往帕諾拉馬之國。不過，我創作的帕諾拉馬，不是普通的帕諾拉馬館那種畫在牆上的壁畫，而是透過自然扭曲的丘陵線條，經過深思熟慮的光線安排，以及草木岩石的精心配置，巧妙地消除人工斧鑿的痕跡，隨心所欲地伸縮自然的距離。

舉個例子吧，剛才穿過的那片大森林，如果告訴妳森林真正的面積，妳絕對不會相信，但它就是那麼小。那條路徑沿著無法察覺的曲線延伸，反覆回到相同的地方好幾次。妳或許堅信左右兩側看似無邊無際的杉樹林中，每一棵都是參天大樹，其實不然，配置在遠方的，可能只是高約六尺的矮杉樹苗構成的森林。利用光線讓人一點也察覺不出其中的機關，並不是什麼困難的事。

之前我們一起攀登的白色石階也一樣。站在下方仰望時，看似高得如同通往雲端的天梯，實際上只有一百多階。妳應該沒有發現吧，每一級石階都像舞台布景一樣，愈往上愈窄。不只如此，每一級階梯的高度和深度都以不會被察覺的程度逐漸縮短。再加上兩側岩壁的傾斜度也經過一番考量，從下方仰望時，才會覺得那麼高聳。」

然而，即使聽他揭曉其中奧妙，由於幻影的力量太過強大，千代子心中的驚異印象仍絲毫沒有被沖淡，依然認定眼前這片遼闊的原野盡頭，必定在地平線的另一端。

「你的意思是說，這片原野實際上也很小嗎？」

她露出半信半疑的表情。

「是啊。因為周圍以不易察覺的角度傾斜加高，將後方的各種景物遮蔽起來了。只不過，小歸小，直徑也有兩千尺左右。為了讓這片普通大小的原野看起來效果更好，才會設計成無邊無際的樣子。話說回來，夢想就是靠這多一點的心思打造出來的吧。

妳現在聽了我的說明，一定還是無法相信眼前廣大的平原只有直徑兩千尺大吧？即使是身為創作者的我，看到海市蜃樓後方融成波浪狀的地平線，也不由得產生一種被丟棄在荒野中的無助，感覺到一股難以形容的甘美哀愁。

放眼望去，天空與草原沒有任何遮蔽，對現在的我們來說，那就是全世界，彷彿這片草原遍及沖之島全境，並遠遠延伸到T灣，甚至擴及太平洋，與蔚藍的天空連成一片。

如果這是一幅西洋名畫，肯定會在草原上描繪一群數量驚人的羊群與牧童。或許也會有人想像一群吉普賽人拖著長龍般的隊伍，默默走在地平線附近的景象，夕陽從另一側照在默默移動的他們身上，草原上映出長長的影子。然而，如今放眼望去，眼前的景色中連一個人或一隻動物也沒有，甚至看不到一棵枯木，有的只是一大片彷彿綠色沙漠的原野。比起那些名畫，這樣反而更動人心弦吧？悠久的事物具有令人恐懼的力量，重重壓在我們心上，妳不這麼認為嗎？」

千代子從剛才就一直看著與其說是藍色，不如更接近灰色的遼闊天空，眼淚不知不覺流下來，她也毫不掩飾。

「從這片草原開始，道路將一分為二，一條通往島嶼中心，一條通往環繞外圍的種種景色。參觀島嶼的正確順序，應該是先繞行島嶼外圍一周，最後再前往中心。不過今天時間不夠，許多景色也尚未徹底完工，我們接下來還是馬上朝島嶼中心的花園出發吧。妳應該會最

亂步
台灣角川 著／江戶川亂步 插畫／咎井 淳
© Kentaro Hirai/Libre Publishing 2015 NOT FOR SALE

中意那裡。

不過，若是一離開這片平原就立刻前往花園，未免太沒情調，我還是先跟妳說說其中幾處景色的概要好了。從這裡到花園，還得走上近千尺的路，一邊漫步這片草原，一邊讓我向妳介紹那些奇特的景色。

妳知道園藝中有一種名為『裝飾修剪』的技法嗎？有如雕刻一樣，將黃楊樹或扁柏等常綠樹修剪成幾何圖形、動物造型或天體造型等等。島上的其中一處景色，便擺滿這種經過裝飾修剪、造型美麗的植物，有的雄偉壯觀，有的纖細柔美，各種直線與曲線交錯，交織成超乎凡人想像的交響樂章。在植物與植物之間，還設置了數量驚人的著名古老雕像，密集的程度令人恐懼。而且，那全都是活生生的真人扮成的喔，是一群如化石般沉默的裸男裸女。

來到帕諾拉馬島上旅行的人，從這片遼闊的原野忽然進入那裡，接觸這群充滿整個視野的人類與植物構成的不自然雕像，一定能感受到某種令人窒息的生命力，同時能從中察覺到言語難以形容的美。

島上的另外一個世界，則是以毫無生命的鐵製機械密集構成。

那是一大群恆久運作轉動的黑色怪物，動力來自島嶼地底的電力，排列在那裡的並非蒸汽機或電動機之類隨處可見的普通機械，而是能為我實現某種夢想、象徵神奇機械力量的東西。無關用途，大大大小的機械隨意陳列在那個世界中。

比方說，像座小山的大型汽缸、發出猛獸低吼般噪音的大轉輪、漆黑的鋸齒緊密咬合的大齒輪彼此鬥爭、形似怪物手臂的振盪桿、狂舞不停的高速燃燒器、無數縱橫交錯的各式軸桿、瀑布般的輸送帶，以及斜齒輪、蝸齒輪組、環狀皮帶、帶狀鏈條、鍊盤……所有機械黑色的表面滲出油光，彷彿陷入瘋狂地不斷迴轉。

妳一定參觀過博覽會上的機械館吧。那裡往往有技師、導覽員和警衛等人在場，範圍也僅限於一棟建築物內，館內展示的所有機械都有固定用途，也都應用在正確的地方。相較之下，我的機械王國與那完全不同，是個無邊無際的世界，以用途不明的機械毫無意義地全面覆蓋，而且因為是機械王國，所以看不到任何人類或動植物的身影。一個潛藏在地平線下兀自運作的機械大平原，渺小的人類到了那裡會有什麼感受，妳能想像得到嗎？

還有，美侖美奐的建築物構成的巨大街道，充斥猛獸、毒蛇與毒草的庭園，或是由噴泉、瀑布等各種流水組成的氤氳靉靆世界，我都設計出來了。在不知不覺中，旅人一一造訪每個世界，像是夜夜做著不同的夢，最後進入的是頭頂有極光環繞，鼻端有嗆人香氣，身邊是萬花筒般繁花錦簇的花園與華麗的禽鳥，一個任由人類嬉戲其中的夢幻世界。

不過，我的帕諾拉馬島最大的重頭戲，必須先登上從這裡看不到、建設在島嶼中央大圓柱頂端的空中花園，再從那裡俯瞰整座島嶼的美景。這時，全體島嶼就成為一個帕諾拉馬。換句話說，島上聚集了各種不同的帕諾拉馬，共同形成一個嶄新的帕諾拉馬。這小小的島上有無數宇宙交錯重合又互不重複地存在著。可惜，現在我們已經來到原野的出口，把妳的手借給我吧，接下來得通過一條狹窄的通道才行。」

曠野上的某處，有個不靠近就看不到的凹陷處，從那裡撥開陰暗叢生的雜草，就能踏入密道。繼續前進一段時間之後，雜草愈來愈繁茂，在不知不覺中湮沒了兩人的身影。就這樣，他們再次走入伸手不見五指的黑暗中。

二十

那裡究竟有什麼樣超乎想像的機關設計？是否又只是千代子自己的幻覺呢？從一個景色之中穿過暫時的黑暗通道，眼前再次出現另一個不同的景色，總覺得彷彿在做夢，從一個夢境遁入另一個夢境時那種不確定的、乘風而行的感覺，心境像是只有那段期間失去意識，難以言喻。

因此，那一個又一個的景色就像完全的平面。舉例來說，就是從三次元的世界跳入四次元，回過神時，直到方才仍在眼前的同一塊土地上的景色，不管是形狀、色彩、顏色皆已截然不同。

這真的是夢嗎？如果不是，那就是電影的多重曝光效果。

現在出現在兩人面前的世界，廣介雖以「花園」稱之，卻是無法從一般花園聯想到的景色。牛奶色的天空下，有著大浪般起伏曲線的奇特丘陵上，開滿整片春天的斑爛繁花。雖是如此而已，但這片景色的規模之大，以及從天空的顏色到丘陵的曲線、百花之撩亂，一切無視於自然原貌，透著一股難以名狀的人工之美，使得一腳踏入這個世界的人，一時之間茫然自失，駐足不前。

乍看單調無奇的景色，隱約展現出遠離人世的異樣。對了，就像進入惡魔的世界。

「妳怎麼了？頭暈嗎？」

廣介驚訝地抱住站不穩的千代子。

「是啊，不知怎地，頭好痛……」

嗆人的香氣，與汗水淋漓的人體散發出的異味相似，卻絕不會使人不快。這樣的香氣首先麻痺了她的腦袋中樞。

再者，不可思議的百花群山，呈現出無數交錯的曲線，宛如乘坐小船時看見水面激烈的漩渦波紋，有一種正朝她蜂擁而來的錯覺。明明花與山都在原地不動，層層疊疊的靜止丘陵卻教人很難不去想像，其中是否隱含設計者可怕的奸計。

「我好害怕。」

好不容易站穩的千代子閉著眼睛，勉強吐出這句話。

「有什麼好怕的？」

廣介反問，唇邊似有淡淡微笑。

「我也不知道。被這麼多花包圍，我卻從來不曾感覺如此寂寞，心情就像到了一個不該來的地方，看了不該看的東西。」

「一定是因為這裡的景色太美。」廣介若無其事地回答。「別管那些了，妳看那邊，是來迎接我們的呢。」

某處花蔭下，一群態度恭謹的女人排著祭典般的隊伍出現。她們全身上下可能都化了妝，泛著青色的雪白肉體上，配合凹凸起伏刷出紫色的陰影，使裸體看來更加玲瓏有致、曲線分明，在背後大紅花朵組成的屏風襯托下更是清楚浮現。

她們油亮健美的雙腿踩著跳舞般的步伐，捲曲的黑髮及肩，鮮紅色的嘴唇彎成半月形，靠近兩人之後，圍成一個奇妙的圓圈。

「千代子，這就是我們的坐騎。」

廣介執起千代子的手，將她舉到數名裸女組成的蓮花座上，自己也隨後踏上人肉坐騎，坐在千代子身旁。

人肉花瓣盛開，包圍著中央的廣介與千代子，漫步於繁花群山之間。

眼前不可思議的世界與裸女們的一心不亂，同時深深蠱惑千代子，使她不知不覺忘卻世間的羞恥心。腿下裸女們起伏的豐滿腹部是那麼柔軟，甚至予人一種快感。

丘陵與丘陵之間，或許該稱為谷壑的部分，有細長的道路曲折蜿蜒。裸女們赤腳所到之處，也與丘陵同樣盛放燦爛百花。兩人身下的坐騎既富有肉感彈力，又深深踩上花瓣組成的厚地毯，坐起來更是舒適無比。

然而這世界的美，並不是縈繞鼻端不去的奇異香氣，也不是牛奶色的混濁天空，更不是曾幾何時響起的春天微風般為耳朵帶來歡愉的奇妙音樂，也絕非姹紫嫣紅、繽紛絢爛的花牆，而是花朵覆蓋下的群山所呈現的不可思議曲線。

來到這個世界，人們才終於懂得何謂曲線之美。熟悉自然山岳、草木、原野與人體曲線的人類視覺，在這裡將見識到前所未有的曲線交錯。這個世界的曲線之美，是任何美女的腰部曲線或任何雕刻家的作品都無可比擬的美。創造出這種曲線的不是大自然的造物主，而是試圖毀滅大自然的惡魔。

或許有些人會從這些重疊交錯的曲線中感到異常的性壓迫吧。然而，其中絕對不會伴隨現實情感。往往只有在惡夢中，人們才會愛上這種曲線。

廣介一定是試圖用現實的泥土與花朵描繪出夢中的世界。與其說那是一種崇高的情操，不如說是汙穢的意念；與其說是協調的景象，不如說是雜亂無章的失序。每一條曲線與其上化膿糜爛的百花配置，不僅未予人快感，甚至令人感到無止境的不悅。再加上曲線詭異的人工交錯，更合奏出一篇醜陋不堪、盡是不協調音，但又異常美麗的大管弦樂章。

此外，這些風景的創作者超乎常人的心思，連裸女蓮花座途經的谷間小徑曲線，都無微不至地顧及了。在那裡，美妙的不是曲線本身，而是沿著曲線移動時的感覺，換句話說，他試圖打造的是肉體層面的快感。

時緩時急的坡度，有時往上有時往下；道路上下左右曲折，描繪出一道美麗的曲線。或許可以用飛行員在空中飛行時的體驗比擬，又或者類似行經千迴百轉的山路時坐在汽車中的感受。他將在那種曲線上移動所帶來的快感，以更和緩的方式美化後，透過這條小徑呈現。

有時明明是上坡，道路看起來卻逐漸朝中心下降。異樣的香氣與地底傳來的音樂益發鮮明清晰，到最後，他們的鼻子和耳朵因為浸淫其中太久，甚至都麻木無感。

在某個瞬間，谷底豁然開朗，成為一片廣大的花園。遠方高如天梯的花山聳立，那片蒼茫的斜坡展現出比吉野山花雲更勝數倍的迷幻光景。更驚人的是，斜坡與原野上七彩的花朵倏地分開，從中湧出幾十名全裸男女，站得最遠的看來只有豆粒大小，好像亞當夏娃那般嘻嘻哈哈地追逐戲耍。

一名黑髮飄揚的女子奔下山丘、奔過原野，直奔到距離他們將近六尺之處，忽然力竭倒地。追著她跑來的其中一個亞當將她打橫抱起，高舉胸前。配合著這世界隨處可聞的音樂，抱人者與被抱者一起引吭高歌，肅穆地走向遠方。

另一個地方，如拱頂般覆蓋整條小徑上方的白斑尤加利樹粗壯的臂膀上、枝葉之間，則是結滿顫顫巍巍的裸女果實。

她們躺在粗壯的樹枝上，有的雙手垂下擺盪，模仿隨風搖曳的樹葉，或搖頭晃腦或揮舞手足，口中同樣配合這世界的音樂合唱。經過這些人肉果實下方時，裸女蓮花座仍未流露一絲情感，安靜恭謹地向前進。

感覺上小徑綿延了整整一里，沿途的繁花美景，以及千代子感受到的奇異情感，就筆者看來只能以夢境來比喻，並且是一場瑰麗的惡夢。

最後，蓮花坐騎將兩人帶到一個巨大花缽下。

這裡的景色有多麼奇特呢？宛如肉丸子般相連的雪白肉塊，從相當於花缽邊緣的外圍山頂朝開滿花朵的滑溜斜面滾落，掉進底部的浴池中，濺起盛大水花。她們在缽底霧濛濛的蒸氣中歡鬧跳躍，合唱著那首悠閒的歌曲。

千代子不知道自己的衣服是什麼時候被脫掉的，恍惚之間已置身於那群美麗的浴客之中，舒適地泡著熱水澡。在這個世界裡，衣著整齊反而顯得不自然，千代子和那群女人一點也不在意赤身裸體。而後，載著兩人來此的裸女們，名副其實地發揮蓮花座的使命，身體盡情向前伸展躺平，支撐著脖子以下的身體都泡在熱水中的兩位主人。

接下來，展開了一場難以名狀的大混亂。

激流般的滾滾肉塊不斷增加，路上的花朵被她們踐踏、踢散，掀起漫天花瓣。在花瓣雨、水蒸氣與飛濺的水花形成的朦朧視野中，裸女們摩擦著彼此身上的肉團，像裝在桶子裡搓洗的芋頭。一團混亂中，合唱的聲音未曾中止，人肉如海嘯左右席捲，一波一波地掀起又退去。在這之中，失去一切知覺的兩人漂浮在水面上，宛如兩具屍體。

二十一

夜晚不知不覺降臨。

原本牛奶色的天空，轉變為午後雷陣雨前的昏暗，百花撩亂的豔麗丘陵也形成巨大的黑影。吵吵鬧鬧的人肉海嘯與合唱皆已如退去的潮水般消失無蹤。只剩下廣介和千代子兩人，留在即使四下昏暗仍隱約可辨的白濛濛熱氣中。

回過神來，才發現擔任兩人蓮花座的女人們也不見了。還有，彷彿象徵這世界的妖異音樂，好像也已消失許久。黃泉路的靜寂隨著無止盡的黑暗占領全世界。

「哎呀！」

好不容易恢復正常心智的千代子，情不自禁地發出早已重複無數次的感嘆。一緩過氣來，那些暫時遺忘的恐懼與噁心感覺立刻湧上心頭。

「親愛的，我們回去吧。」

她泡在溫暖的熱水裡發抖，偷偷窺看丈夫。他只把頭浮出水面，像一顆黑色的浮標，即使聽到她說的話，也絲毫不為所動，沒有任何回應。

「親愛的，你在那邊對吧？」

她發出恐懼的叫聲，朝黑色團塊靠近，一摸到類似頸部的地方就用力搖晃。

「唔唔，好，我們回去。不過在回去之前，我還想讓妳看看一樣東西。別這麼害怕，乖乖等著。」

廣介不知邊思考什麼，邊慢條斯理地說道。這個回答反而加深千代子的恐懼。

「我這次真的受不了了，好害怕。你看，我都顫抖成這樣。這座島太可怕，我再也忍受不下去。」

「真的在發抖呢。可是，到底是什麼讓妳這麼害怕？」

「怕什麼？怕這座島上詭異的機關裝置啊，也怕想出這一切的你。」

「怕我？」

「對，沒錯。可是，我不想惹你生氣。在這個世界上，我只有你了。再說，最近不知道為什麼，你突然好令我害怕。我懷疑你是否真的愛我，會不會在這島上的黑暗中突然對我說，其實你一點也不愛我。一想到這裡，我就好害怕、好害怕……」

「妳說的話還真奇怪。這些話妳現在最好不要說，因為我很明白妳的心情，我知道在這片黑暗中的妳是怎麼了。」

「可是，我現在就是有這種感覺啊。或許是因為看了種種景色，心情太亢奮吧，總覺得好像能說出平常說不出口的話。不過，你千萬別生氣，好嗎？」

「妳在懷疑我，我很清楚。」

聽到廣介的語氣，千代赫然一驚，閉上嘴巴。匪夷所思的是，她總有種感覺，好像曾在現實或夢境中，經歷過與眼前情景一模一樣的事。真要說的話，那或許是上輩子的事。

當時，他們兩人也在這種宛如地獄的黑暗中泡在熱水裡，只伸出頭來，像兩個微不足道的死者般面對面。而且，那時男人的回答也是：

「妳在懷疑我，我很清楚。」

接下來發生了什麼、她說了什麼，男人又表現出什麼態度，最後的結局有多麼可怕，還有更久以後的事，她都心知肚明，只是現在無論如何也想不起來。

「我很清楚。」

看千代子沉默不語，廣介緊迫逼人地又說一次。

「不、不，不行，請不要再說了！」千代子吶喊著，制止廣介繼續說下去。「我好怕和你說話，什麼都別說了，請快點讓我回去吧。」

就在此時，震耳欲聾的激烈聲響撕裂黑暗，摟住丈夫脖子的千代子頭上火花迸散，散成一片怪物般的五彩光芒。

「別怕，那是煙火，是我精心設置的帕諾拉馬國的煙火。和普通煙火不同，我們的煙火能在空中停留很長的時間，就像投射在空中的影像。這就是我剛才所說，還想讓妳看看的另一樣東西。」

仔細一看，天上正如廣介所說，一隻金光閃閃的大蜘蛛就像被投影在雲上，占據整片天空，甚至連八隻腳詭異蠕動的足節都看得清清楚楚。接著，大蜘蛛緩緩朝他們落下。

明知那是煙火描繪出的圖案，一隻大蜘蛛覆蓋在黑暗的天際，還露出最噁心的腹部，而且眼看就要掉到自己頭上了，這幅景色對某些人來說或許很美，但天生討厭蜘蛛的千代子驚嚇得無法呼吸。即使不敢看，從畏懼中感受到的奇特魅力仍驅使她望向天空，非得盯著愈來愈接近的怪物不可。

比起景色本身，更令她害怕發抖的是，她發現就連這隻大蜘蛛，似乎都曾在哪見過一次。如今眼前的種種，都已是第二次體驗。

「我不想看什麼煙火，請不要一直嚇我。真的，讓我回去吧，好嗎？我們回去吧。」

她咬緊牙根，好不容易才擠出這句話。然而這時，火蜘蛛已經消失在黑暗中。

「妳連煙火都怕啊，真傷腦筋。這次的沒那麼恐怖了，會是很漂亮的煙火，再忍耐著看一下吧。妳還記得池子對面有個黑色筒子吧？那就是煙火發射筒喔。這片池塘底下有我們的城鎮，家臣們正從那裡往上施放煙火。這一點都不奇怪，也沒什麼好怕的。」

曾幾何時，廣介的雙手如鐵製榨油器般，以一股異樣的力量抱緊千代子的肩膀。她現在就像落入貓爪下的老鼠，想逃也逃不掉。

「哎呀。」感覺到這一點，她忍不住發出尖叫。「對不起、對不起。」

「妳說對不起，是做了什麼愧對於我的事嗎？」

廣介的語氣中，漸漸多了一種力量。

「把妳心中想的說出來聽聽。妳心裡對我有什麼想法呢？老實說，快說吧。」

「啊啊，你終於說出這句話了。我現在好害怕、好害怕。」

千代子哭得抽抽噎噎，上氣不接下氣。

「可是，現在是最好的機會啊。我們身旁沒有任何人，妳想說的話，不會像妳擔心的那樣被人聽見。妳我之間有什麼好隱瞞的？來吧，一鼓作氣說出口。」

漆黑谷底的浴池中，展開了不可思議的對答。不得不承認，四周詭異的情景也促使兩人的心情陷入幾許瘋狂。尤其是千代子，聲音莫名高亢嘶啞。

「那我就說了。」

千代子彷彿變了個人，滔滔不絕地說起來。

「老實說，我一直想問你。請別再那樣煎熬我了，告訴我實情吧……其實你並不是菰田源三郎，而是另外一個人吧？請告訴我。你從墳場復活之後，很長一段時間，我一直懷疑你是不是真正的你。源三郎一點也沒有你那種可怕的才華。在來這座島上之前，我幾乎已確定了一半，想必你也有所察覺。來到這裡，看遍那些恐怖卻又魅惑人心的景色後，我已毫不懷疑，你肯定不是源三郎。」

「哈哈哈哈哈，妳終於說出真心話了。」

廣介的聲音平靜得可怕，卻又掩不住一股自暴自棄的傷感。

「我犯下不可原諒的失誤，愛上不該愛的人。妳可知道我費了多大的力氣壓抑自己嗎？就差那麼一點點，我卻忍不住……結果，一切正如我所擔心的，妳察覺到我的真面目。」

接著，輪到廣介宛如被附身般滔滔不絕，說出他心中陰謀的梗概。

在兩人對話時，不知情的地下煙火師為了取悅主人們，不斷點燃準備好的煙花，有奇形怪狀的動物造型，有瑰麗的花朵造型，也有各種荒誕無稽的造型。鮮豔斑斕的藍色、紅色、黃色火焰，在遼闊的漆黑夜空中綻放光芒，倒映在谷底的水面上，染出繽紛色彩。彷彿舞台上的燈光，試圖照亮宛如兩顆西瓜般漂浮在水面的頭，連一點細微的表情都不錯過。

專心訴說的廣介臉上，時而紅得像個醉漢，時而如死人般發青，時而呈現黃疸病人般嚇人的面容。有時，黑暗中完全看不到他的臉，只聽見他的聲音。這樣的場景與他口中駭人聽聞的故事交織，將千代子推入恐懼的深淵。

千代子再也承受不住，幾次企圖逃跑，然而，廣介發狂似地緊緊抱住她，片刻不放手。

二十二

「關於我的陰謀，我不知道妳察覺到什麼地步，不過敏感的妳，想必做出相當深入的想像。可是，即使是妳也不可能明白，我的計畫和理想有多麼縝密周延。」

說完故事後，天上正好綻開一朵紅色的煙花。煙花還未完全落下，將天空染成紅色，令廣介化身為赤鬼，惡狠狠地瞪著千代子。

「放我回去！放我回去！」

千代子從剛才開始已不顧一切，不斷哭喊著這句話。

「聽我說，千代子。」

廣介像要堵住她的嘴似地大吼。

「我已經坦承這麼多，妳以為我會什麼都不做地讓妳回去嗎？妳已經不愛我了吧？直到昨天，不，直到剛才，儘管妳懷疑我不是真的源三郎，還是愛著我的吧？但我一說了實話，妳就把我當成仇敵怨恨恐懼。」

「放開我！讓我回去！」

「這樣啊，妳果然還是認為我是妳的殺夫仇人，是妳菰田家的敵人吧？千代子，妳給我聽好，我最愛的人是妳，也曾想過乾脆和妳一起死去。可是，我還有割捨不下的東西。妳知道我花費多大的功夫才抹煞人見廣介的存在，以菰田源三郎的身分復活嗎？妳知道為了建設這座帕諾拉馬國，我犧牲多少東西嗎？想到這裡，我可不甘心拋棄還有一個月就要完成的這座島死去。所以，千代子，唯一的辦法就是殺死妳。」

「請不要殺我！」

聽他這麼說，千代子以嘶啞的嗓子放聲大叫。

「請不要殺我，不管你說什麼我都照辦，也願意把你當作源三郎侍奉。我不會告訴任何人的，求求你，請不要殺死我。」

「妳是說真的嗎？」

在煙火的映照下，臉色一片鐵青的廣介，只有眼睛閃耀著紫色光芒，瞪著千代子的眼神彷彿要看穿她。

「哈哈哈哈哈，不行、不行，不管妳說什麼，我都已無法相信。妳或許還有幾分愛著我，或許妳剛才說的也是真話，可是，沒有任何證據能夠證明。讓妳活著，很可能招致我的毀滅。就算妳真的不告訴任何人，但既然妳已知道我的真面目，身為女人的妳絕對無法把戲演得像我這麼好，總有一天，妳的言行舉止仍可能洩漏祕密。不管怎麼說，殺死妳還是唯一的辦法。」

「不要，不要啊。我有父母、有兄弟，饒了我吧，求求你。我真的會像個傀儡一樣，任憑你的吩咐。放開我、放開我！」

「看吧，妳愛惜的只是自己的生命，根本不打算為我犧牲。妳不愛我，妳愛的是源三郎。不，就算妳能愛上與源三郎長相相同的男人，也絕對不會愛我這個惡人。現在我真正明白了，無論如何都得殺死妳。」

廣介的雙手從千代子的肩膀逐漸移到她的脖子上。

「哇啊啊啊啊，救命啊……」

千代子已陷入瘋狂，滿腦子只想著該如何逃脫。繼承自老祖宗的護身本能，使她像隻黑猩猩般齜牙咧嘴。幾乎是反射動作，她銳利的犬齒深深咬住廣介的手臂。

「混帳！」

廣介不由得鬆開手。趁這個機會，千代子以平日完全難以想像的敏捷動作鑽出廣介的懷抱，像隻海豹速度驚人地跳入水中，朝昏暗的彼岸逃去。

「救救我……」

淒厲的哀號在周圍的小山間迴響。

「傻瓜，這是山裡面，誰會來救妳？白天那些女人早就回到地底下的房間，現在恐怕睡得正熟呢。再說，妳也不知道逃脫的路徑。」

廣介刻意展現出游刃有餘的態度，像玩弄老鼠的貓般步步逼近。身為這座王國的主人，廣介很清楚此刻地面上沒有別人。唯一有些擔心的是她的哀號聲會透過地上的煙火發射筒傳入地下，幸好她上岸的地方是另一側的陸地，地下的煙火發射裝置旁又設有發電機，引擎的聲音很大，那裡的人幾乎不可能聽見地面上的聲音。更教他放心的是，現在正好發射了十幾發煙火，剛才她哀號的聲音，完全被煙火的爆裂聲掩蓋。

千代子四處竄逃尋找出口，尚未完全消失的金色火焰照亮那令人心痛的身影。廣介縱身一跳，飛撲到她身上，兩人同時倒地後，廣介的雙手毫無困難地纏上她的脖子。接著，在她來不及發出第二次哀號前，已無法順利呼吸。

「原諒我，我還是愛著妳的。可是，我的慾念太深，要我拋棄島上無數的歡樂，實在是辦不到。我不能為了妳一個人身敗名裂。」

眼淚撲簌簌滑落，在「原諒我、原諒我」的連聲呼喊中，雙手絞得愈來愈緊。廣介與壓在身下的千代子肌膚密合，裸體的千代子像落入網中的魚不停彈跳。

人造花山的谷底，散發溫暖香氣的熱水中，沐浴在奇幻迷離的五色彩虹下，兩人宛如兩隻發狂的野獸肢體交纏。那看起來與其說是可怕的殺人現場，不如說是一對男女沉醉在裸舞之中。

追殺者纏繞上來的手臂，逃亡者拚命掙扎的肌膚，有時緊貼的臉頰之間流過一絲鹹鹹的淚水，兩人貼合的胸口以同樣的節奏瘋狂悸動，瀑布般黏膩的汗水融化了兩人的身體，使他們看起來像海參黏膩滑溜。

這不是一場鬥爭，反而像是嬉戲，用「死亡遊戲」來形容或許最為貼切。無論是跨在女人腹部上、勒緊對方纖細頸項的廣介，還是被壓在男人健壯肌肉下喘息的千代子，都在不知不覺中忘記痛苦，陶醉在令人失神的快感中，達到難以形容的高潮。

不久，千代子發白的手指在半空中抓了幾下，描繪出垂死前的美麗線條，直挺鼻梁的鼻孔中，流出一絲黏稠的鮮血。

正好在此時，彷彿事先約定好一般，飛上天空的煙火形成巨大的金色花瓣，劃過黑絲絨般的天空，撒落漫天金粉，籠罩了下界的花園、泉水，以及糾纏其中的兩具肉體。千代子臉色蒼白，流過臉龐的細細血絲散發紅漆的光澤，看起來多麼寧靜、多麼美麗。

二十三

從這天起，人見廣介不再回T市的菰田大宅，完全定居在帕諾拉馬國——身為這個國度的瘋狂國王，他將永遠住在沖之島。

「千代子是帕諾拉馬國的女王大人啊，絕不會再回到人世間。妳見過島上的群像之國了吧？千代子有時會化身為佇立其中的裸體雕像之一。如果不是在那裡，就是化身為海底的人魚、毒蛇之國的馴蛇人，或是花園裡撩亂盛放的花精靈。若是對這些玩樂都厭倦了，她會回到這座壯麗宮殿的最深處，在錦緞帷幕的包圍下，成為集榮華富貴於一身的女王。妳說，她怎麼可能不喜歡在這座樂園裡的生活呢？她就好比古代的浦島太郎，忘了時間、忘了家庭，深深陶醉在這美麗的國度。不用擔心，妳最疼愛的小姐如今正享受著絕頂幸福。」

千代子年邁的奶媽因為擔心主人的安危，特地跑了一趟沖之島，想來接她回家。這時，廣介坐在打穿地底建造的華麗宮殿王座上，宛如真正的一國帝王接見臣子般，以隆重的儀式接待這位守舊的老媽子。聽完廣介的甜言蜜語，老媽子雖然放心了，卻被眼前壯麗的景色震撼得說不出話。

一切都是這樣解決的，用數量龐大的禮物屢次攏絡千代子的父親；對付其他親戚時，不是給予經濟上的壓迫，就是反過來不惜重金贈禮。官廳方面則派角田老總管出馬，用金錢打點得穩穩當當。

另一方面，島上眾人則不被允許看見千代子女王的身影。

她無論晝夜都躲在地下宮殿最深處、廣介寢室裡的重重帷幕後方，並且嚴禁任何人進入那間房。不過，熟知主人異常嗜好的人，認定帷幕後方肯定是只屬於國王與女王的歡樂夢想世界。他們頂多嘻笑著談論這樣的閒話，沒有人懷疑過千代子的存在。畢竟島上這麼多人中，只有少數人親眼見過千代子，就算在島上無意間瞥見女王的身影，也無法分辨那是否真的是她。

就這樣，廣介幾乎完成所有不可能的事。

靠著菰田家無窮盡的財力，他戰勝所有困難、修補所有破綻。過去那些貧困的親朋好友，一夕之間成了暴發戶。曾經落魄的雜耍團舞女、電影女星與女歌舞伎演員，全部在這座島上得到日本一流明星的待遇。年輕文人、畫家、雕刻家、建築師等人，在這裡能獲得相當於小公司高級幹部的薪資。就算知道這是個可怕的罪惡之國，他們又怎麼可能有勇氣放棄這裡的生活。
於是，人間樂園就此成立。
獨一無二的嘉年華瘋狂氣氛瀰漫整座島嶼。花園裡開著裸女之花，溫泉中是離經叛道的成群人魚，永不熄滅的煙火、會呼吸的雕像、瘋狂跳舞的黑色鋼鐵怪獸、酩酊大醉而笑個不停的猛獸、毒蛇之舞、遊走其中的美女蓮花座，以及坐在蓮花座上、身穿錦衣綢緞的國王——人見廣介狂亂的笑容。
蓮花座有時會來到島中央已完成的水泥大圓柱下。圓柱表面爬滿綠色藤蔓，中間設置一道形狀酷似藤蔓的鐵製螺旋階梯，盤旋直達柱頂。蓮花座甚至會載著主人爬上螺旋階梯。
從柱頂形狀奇特的蕈形傘上放眼望去，可對整座島嶼一覽無遺，視野直達遙遠的海岸。該如何形容從這裡眺望出去的不可思議景觀呢？隨著螺旋階梯不斷往上，下方所有風景一一消失，花園、池塘、人……全部變成一層一層的大岩壁。從頂上俯瞰，每一道紅色岩壁都是一圈花瓣，一圈一圈直達岸邊，組合起來成為一朵巨大的花。
來到帕諾拉馬國的旅人參觀完所有奇特景色之後，來到此地不經意地眺望，一定又會大吃一驚。若真要比喻，島嶼整體就像生在大海裡的一朵紅玫瑰。這朵只在吸食鴉片的幻覺中見到的大紅花朵，與高掛天空的太陽就像一對門當戶對、眼中也只有彼此的佳侶。這無與倫比的單調巨大，醞釀出多麼不可思議的美感，實在難以想像。來到這裡的某個旅人，或許會想起遠古先祖說不定曾經見過的神話世界……

這座美妙的舞台日夜笙歌，沉浸在狂亂與淫蕩的氣息，營造出紛亂與陶醉的歡樂境界，不知鋪陳出多少生死遊戲，實非筆者所能形容。只能說，或許和各位讀者所有惡夢中最荒誕、最血腥，但也最瑰麗的那一場夢境，有幾許相似之處。

二十四

各位讀者，這篇故事是否該在這裡有個圓滿大結局呢？曾經是人見廣介的菰田源三郎，是否就這樣在匪夷所思的帕諾拉馬島上，歡樂地活到百歲呢？不不，這可不行。按照傳統故事的習慣，一定會有個名為「悲慘結局」的彆扭傢伙，等著在劇情高潮之後上場。

那天，人見廣介忽然沒來由地感到不安。那或許是世間勝利者獨有的悲哀吧，一種從無止盡的歡樂中湧現的疲倦感，又或是內心深處對過去罪行的恐懼，在不經意打盹時悄悄襲擊了他的夢境也未可知。然而，除此之外還有一個原因。有一名男子與他渾身散發的氛圍，一起將某種難解的惡兆悄悄帶到島上，這可能才是使廣介不安的最大原因。

「喂，站在池邊發呆的那個男人是誰？我好像沒見過。」

廣介第一次發現那個男人，是在花園溫泉池畔。這時，他問了隨侍身旁的一名詩人。

「主人忘了嗎？」詩人回答。「他和我一樣從事文學創作，是您第二批僱用的人之一。上次聽說他回鄉了一趟，好一陣子沒看見他，大概是搭昨天那艘船回來了吧。」

「喔，這樣啊。他叫什麼名字？」

「叫做北見小五郎。」

「北見小五郎？我完全不記得。」

奇怪的是，他對這男人一點印象也沒有。這難道是某種凶兆？

接下來的日子，廣介不管走到哪裡，都能感覺到北見小五郎的目光。花園中的繁花間、溫泉池的熱氣後方、機械國的汽缸背面、雕像花園裡的雕像之間，或是森林裡的大樹蔭下，他總是從這些地方凝視廣介的一舉一動。

某日，廣介實在受不了，終於在島中央的大圓柱下逮住那個男人。

「你就是北見小五郎吧？為什麼不管我走到哪都能看到你，不覺得有點奇怪嗎？」

廣介這麼一說，原本像個憂鬱小學生般靠在圓柱上發呆的男人，蒼白的臉上微微一紅，恭恭敬敬地回答：

「不，肯定是巧合吧，主人。」

「巧合？或許吧。不過，你剛才在這裡想什麼？」

「在想以前讀過的小說，一篇讓人感觸很深的小說。」

「哦？小說？對了，你是個文學家。那麼，你在想的是誰寫的什麼小說？」

「主人應該不認識，是個無名作家，而且那篇小說也未曾刊登在任何地方。作者叫做人見廣介，作品是名為《RA的故事》的短篇小說。」

經過一番鍛鍊，廣介現在已經不會因為忽然聽見自己過去的名字就流露驚訝之色。對方出乎意料的這番話，不僅未牽動他臉上一絲肌肉，意外遇見自己過去作品的擁護者，反而使他感到難以形容的驚喜，懷念地聊了起來。

「人見廣介？我認識啊。他是個寫些童話故事般小說的男人吧。你知道嗎？他可是我學生時代的朋友。說是朋友，其實並不親近就是了。不過《RA的故事》我倒是沒讀過。你是從哪裡得到原稿的呢？」

「這樣啊，原來他是主人的朋友，世間也有這樣匪夷所思的事呢。《RA的故事》寫於一九二一年，當時主人已經搬回T市了吧。」

「是啊。我搬回來的兩年前和人見道別，此後就沒再見過面。所以，他在寫小說的事，我也只是從雜誌上得知。」

「那麼，你們在學生時代也不熟囉？」

「可以這麼說，頂多是在教室碰面會打招呼的交情。」

「我來這裡之前，原先在東京K雜誌的編輯部工作，因為這層關係而認識人見先生，也讀過他未刊登的原稿。《RA的故事》就我看來確實是傑作，可惜總編輯認為描寫得太露骨，所以最後還是未刊登。之所以會這樣，也是因為人見先生是個還沒闖出名號的作家。」

「那還真可惜。那麼，人見廣介最近在做什麼呢？」

廣介差點說出「我也可以請他來島上」，好不容易才忍住。這也顯見他對過去的罪行很有自信，已經打從內心視自己為菰田源三郎。

「您不知道嗎？」北見小五郎感慨萬千地說，「他去年自殺了。」

「喔？自殺了？」

「聽說是投海而死。因為有留下遺書，所以知道是自殺。」

「一定是有什麼原因。」

「應該是吧，雖然我也不知道為什麼……話說回來，真是不可思議啊，主人和人見先生長得好像，簡直是一對雙胞胎。我第一次來到這裡時，還以為人見先生躲在這座島上，內心暗暗吃了一驚呢。主人您自己應該也有自覺吧？」

「這件事經常被拿來開玩笑啊，老天爺真是愛惡作劇。」

廣介刻意笑得光明磊落，北見小五郎受到感染，也忍俊不住地笑了。

那天的天氣很詭異，天空滿是鼠灰色的烏雲，正應了那句「暴風雨前的寧靜」，四下靜得可怕，連一絲微風都沒有。另一方面，島嶼沿岸卻是波濤洶湧、鬼哭神號。

沒有影子的巨大圓柱聳立，如惡魔的階梯般通往低處的烏雲。足有五人環抱之粗的圓柱柱腳下，兩個渺小的人類正苦著臉交談。平常不是騎在裸女蓮花座上，就是帶著好幾名隨從的廣介，唯獨今天單槍匹馬來到這裡，和不過是一介家僕的北見小五郎談了這麼久的話，要說奇怪也確實令人想不通。

「你們真的像是同個模子印出來的。說到相像，還有一件事也很有意思。」

北見小五郎的語氣愈來愈緊迫盯人。

「怎麼個有意思法？」

廣介說什麼也無法就這樣掉頭離開。

「關於剛才提到的《RA的故事》，我猜主人該不會聽人見先生說過小說的大綱吧？」

「不，從來不曾。剛才也說了，我和人見只是就讀同一所學校，換句話說，只有在教室內的交情，連一次都沒有深談過。」

「真的嗎？」

「你這男人也真奇怪，我不必說謊吧？」

「不過，您真的要說得這麼肯定嗎？說不定會後悔喔。」

北見莫名其妙的忠告，令廣介毛骨悚然。可是為什麼呢？總覺得好像忘了什麼心知肚明的事，奇怪的是一點也想不起來。

「你到底想說什麼……」

廣介說到一半突然噤口，隱約明白了什麼，瞬間臉色鐵青、呼吸急促、腋下冷汗直流。

「看來，你似乎漸漸明白了，明白我來這座島上的原因。」

「我不明白，你說什麼我根本聽不懂，別再說那種神經錯亂的話。」

廣介又笑了，不過這次的笑聲虛弱無力，像個鬼魂。

「既然你還不明白，我就說清楚一點吧。」

以家僕來說，北見的行為舉止已漸漸踰矩。

「正如你和人見先生長相如出一轍，《RA的故事》這篇小說裡描寫的幾個場景，也和這座島上的景色一模一樣。如果你沒讀過人見先生的小說，也不曾聽他提過，這詭異的巧合是絕不可能發生的吧？就算是巧合也未免太雷同了。除非是與《RA的故事》作者擁有分毫不差的思想及興趣，否則，肯定無法創作出這座帕諾拉馬島。縱使你和人見先生外表長得再相似，但若連思想都一致，不覺得太匪夷所思了嗎？這就是我剛才在這裡所想的事。」

「那又怎樣？」

廣介屏氣凝神地睥睨對方。

「你還不明白嗎？換句話說，你不是菰田源三郎，絕對是人見廣介。如果你剛才說自己曾讀過或聽過《RA的故事》，或許還可藉口這座島的創作是抄襲自人見廣介。可惜，剛才你的一句話已葬送自己的生路。」

廣介終於察覺自己著了北見的道。

他在著手這番大事業之前，曾把自己寫的小說讀過一遍，確定沒有留下任何禍根，卻沒注意到被刷掉的原稿，甚至幾乎忘記自己寫過這篇《RA的故事》。正如這個故事開頭提過的，他投稿的作品大抵不受編輯青睞，是個悲哀的作者。

不過，現在聽了北見的話，他也想起自己確實寫過這麼一篇小說。創作人造風景是他長年來的夢想，無論是這個夢想成為小說的內容，或是確實創作出與小說內容分毫不差的實物，說起來都不足為奇。只是沒想到，即使是那麼縝密的計畫還是會有破綻，而這破綻竟然是一篇被刷掉的小說，真是令他不甘心到了極點。

「唉，不行了，難道終於要被這傢伙揭穿真面目嗎？不對，等等，這傢伙手中的證據不過是一篇小說，現在氣餒還太早。就算島上景色和別人的小說內容雷同，又能構成什麼犯罪證據？」

廣介瞬間鎮定下來，重拾從容不迫的態度。

「哈哈哈哈，你這男人真會把心思花在無聊的地方。說我是人見廣介？不，人見廣介也沒有什麼不好，奈何我就是菰田源三郎啊。」

「不對，你若以為我手中只有這項證據，那可是大錯特錯。我什麼都知道了。雖然知道，但仍希望聽你親口坦承，所以才會兜這麼大的圈子。我之所以不想立即把你交給警方，是因為打從心底敬佩你的藝術才華。即使是東小路伯爵夫人的委託，我也不想把偉大的天才交給俗世的法律制裁。」

「這麼說來，你是東小路派來的奸細？」

廣介終於恍然大悟。源三郎的妹妹嫁給東小路伯爵，是所有菰田家親友中，唯一無法用金錢收買的對象。北見小五郎肯定是東小路夫人的手下。

「沒錯，我接受了東小路夫人的委託。你一定沒想到，平常幾乎和老家沒有往來的東小路夫人，會從遠方派人監視你的行動吧？」

「妹妹如此懷疑我，我確實感到意外。只要和她見面好好談一談，她一定能理解。」

「你現在說這種話已經沒用。《RA的故事》只不過是令我懷疑你的起點，我手中還有其他確鑿的證據。」

「喔，說來聽聽。」

「比方說……」

「比方說？」

「比方說，嵌在這片水泥牆內的一根頭髮。」

北見小五郎說著，撥開大圓柱表面的藤蔓，底下白色的水泥表面竟然長出一根長長的頭髮，簡直像是優曇華（註26）。

「你應該知道這代表什麼吧……唷！別動喔。看，在你扣下扳機之前，我的子彈就會先飛過去。」

北見這麼說，以右手拿著發光物體抵住廣介。廣介的手插在口袋，如化石般動彈不得。

「我從前陣子開始思考這根頭髮的意義。在剛才和你的對話中，終於挖掘出真相。這看起來雖然只是一根頭髮，但裡面肯定與什麼相連，就讓我們確認看看吧。」

註26／優曇華為梵語，佛經中稱此花為「仙間極品之花」，據說三千年才開花一次，象徵聖人出世。其實是花朵細長又藏於壺狀凹陷的花萼中，被誤以為不開花。

話剛說完，北見小五郎就拿出不知何時準備、有著銳利尖端的大鎚子，朝頭髮下方用力一擊。他花很長的時間耐心鑽鑿，終於在水泥上鑿出一個深洞。只見半凝固的鮮血沿著鎚子尖端汩汩流出，那裡或許正好是美女的心臟吧。很快地，白色水泥表面便綻放一朵豔紅的牡丹花。

「不需要全部挖開，也知道這裡面埋有人類屍體。是你的……不，是菰田源三郎夫人的屍體吧。」

北見單手扶住一臉鐵青、眼看要當場頹坐在地的廣介，一副若無其事的樣子說道。

「當然，我並非單從這一根頭髮推敲出全部真相。不過我很快地察覺，在人見廣介扮演菰田源三郎時，最大的障礙肯定是這位菰田夫人，於是注意觀察你和夫人的關係，就在那時，夫人突如其來地從眾人眼前消失了。即使你騙得過旁人，也瞞不了我，我十分肯定是你殺了夫人。這麼一來，屍體一定得藏在某個地方。像你這樣的人，會選擇什麼樣的藏屍地點呢……

沒想到，對我而言幸運的事發生了，或許你早已忘光，其實《RA的故事》中早已暗示藏屍的場所。

那部小說描寫名叫RA的男人有異於常人的嗜好，在建造一根水泥大圓柱時，明明沒有必要模仿古時造橋的傳說，卻將一個女人活埋在柱子裡成為人柱（因為是小說，所以主角可以隨意殺人）。

我心中起了猜測，試著回頭計算夫人來到島上的日子，發現正好那陣子這根圓柱要進行灌水泥的作業，當時外側的圍板已經圍起，開始慢慢朝裡面灌入水泥。想想，這實在是個太保險的藏屍地點。你只要算準周遭無人的時候，抱著屍體爬上鷹架，將她丟進水泥，上方再倒入兩、三桶水泥就行了。

不料，夫人的一根頭髮卻溢出水泥之外。所謂的犯罪就是這樣，往往會出現意想不到的疏失。」

廣介只能頹喪地低下頭，身體正好倚靠在滲出千代子血液的地方。北見小五郎同情地看著悲慘的他，不過，預先準備好的台詞還是得說完。

「反過來說，為什麼你非得殺死夫人不可，原因不言而喻，因為你不是菰田源三郎。現在你懂了嗎？夫人的屍體就是我方才所說的證據之一。

當然不只這樣。我還握有另一項重要證據。說了你應該就會明白，不是別的，正是菰田家的墳場。

人們一看到墳場裡菰田的屍體消失，又在另一個地方找到長相一模一樣的人，自然馬上相信菰田復活了。然而，棺材裡的屍體消失，不一定代表棺材裡的死人復活，也可能是屍體被搬去別的地方啊。所謂別的地方肯定不遠，同一個墳場裡還埋了好幾副棺材，搬出屍體的人如果想把屍體藏起來，沒有比旁邊的棺材更合理的地方。

真是精彩的魔術秀啊。菰田源三郎墓旁的墳墓，埋葬的是他祖父，在你的費心安排下，現在爺孫倆的骨頭正和睦地在那裡相擁而眠。」

說到這裡，頹喪的人見廣介忽然跳起來，發出詭異的笑聲。

「哈哈哈哈，哎呀，你調查得真詳細。沒錯，一點也沒錯。老實說，不必勞煩你這樣的名偵探出馬，我也已經瀕臨毀滅，只是遲早的問題罷了。剛才我一時震驚，差點對你下手，可是重新想想，就算做出那種事，如今的歡樂頂多只能再延長半個月或一個月，那又如何？我已經完成所有想做的東西，也做了所有想做的事，沒有任何遺憾。不如爽快地恢復人見廣介的身分，聽憑你指示。事實上，菰田家的資產只能再支撐這樣的生活一個月左右。不過，你剛才說不想把我這樣的男人交給俗世的法律制裁，那句話是什麼意思？」

「謝謝你，我就是想聽你這麼說……你問那句話的意思嗎？意思是，我不想借助警察的力量，希望你自己爽快地做個了斷。這不是東小路伯爵夫人的意思，而是我身為藝術之僕的私人願望。」

「感謝，也請你接受我的道謝。那麼，請給我一段自由活動的時間好嗎？只要三十分鐘就夠了。」

「沒問題，島上雖然有幾百個你的僕人，但一旦知道你是可怕的犯罪者，想必他們不會再站在你那邊。我也不認為你是會召集同夥違背約定的人。

那麼，我該在哪裡等你才好？」

「請在花園的溫泉池等我。」

說完，廣介的身影消失在大圓柱的另一端。

二十五

十分鐘後，北見小五郎和眾多裸女一起泡在溫泉池中，邊享受芬芳的蒸氣與半身浴，邊悠閒等待廣介到來。

天空依然滿布烏雲，而且沒有一點風。放眼望去，繁花、群山皆籠罩在鼠灰色的霧中，溫泉池裡未掀起一絲漣漪，連浸浴其中的裸女們都像死人一樣沉默。這片景色看在北見眼中，彷彿一幅憂鬱的天然貼畫。

過了十分鐘、二十分鐘，這段時間感覺起來不知有多麼漫長。靜止不動的天空、花山、暗池與裸女，還有包含這一切在內的如夢景色。

不久後，眾人受到從池畔一隅射向天空的煙火聲驚動，猛然回過神來。望向天空的下個瞬間，又不禁為天上開出的璀璨煙花之美，發出感動的讚嘆聲。

那煙火足足有普通煙火的五倍大，因此占滿整個天空。那與其說是一朵花，不如說是將所有花朵集合成一大朵，五色花瓣正好給人萬花筒的感覺，自天頂降落時，紛紛改變顏色與形狀，朝四面八方不斷擴散。

白晝的煙火和夜晚的煙火不同，襯底的天空是烏雲和一片鼠灰濃霧，使得五色光芒顯得黯淡妖異。這樣的煙火不斷拓展面積，逐漸逼近地面時，彷彿整片掉落的天花板，實為驚心動魄的一幕。

在眩目的五色火光下，北見小五郎忽然看見紅色飛沫濺上了好幾名裸女的臉和肩膀。起初，他以為是蒸氣形成的水滴染上煙火的顏色，並沒有放在心上。但是很快地，紅色的飛沫噴濺得越發激烈，連他自己的額頭和臉頰都感覺到異樣的溫熱，沾在手心一看，那毫無疑問是人血。接著，好像有什麼輕飄飄地浮在水面上，定睛一看，是不知何時掉在那裡的人手，看來像是被殘忍扯斷的。

在一片血腥的光景中，北見小五郎一方面訝異於裸女們平靜以對的奇妙態度，一方面自己也維持原本的姿勢不動，靜靜地把頭靠在池畔，恍惚望著漂浮在他胸口附近那活生生的斷手上，宛如盛開花朵般的傷口。

就這樣，人見廣介支離破碎的身體各部位，隨著煙火化為粉塵碎片，鮮血與肉塊下成雨，落在他創造出的帕諾拉馬國所有景色的每個角落。

自註自解

〈人間椅子〉

發表於從大阪上京的川口松太郎所編輯之《苦樂》雜誌，大正十四年九月號。我還記得當時在讀者票選中獲得第一名。萩原朔太郎也稱讚過這篇作品。本篇亦收錄於我的英譯短篇集《Japanese Tales of Mystery and Imagination》。其中〈人間椅子The Human Chair〉也被編入一九六一（昭和三十六）年秋天出版的美國偵探作家俱樂部合輯，編輯為David Alexander，書名為「Tales for a Rainy Night」。

［追記］

我的作品若有譯為外語出版，都會在收錄該作品的書籍「後記」中加以註記，不過，我最近才發現第一卷（註27）中的〈人間椅子〉也出了蘇聯譯版，特此追記。該書是去年在蘇聯出版，由日本文學研究家佩特羅夫編纂，並由史達林獎獲獎作家，同時是《外國文學》雜誌總編柴可夫斯基撰序，名為《日本小說集》，內容有四百七十頁，共收錄二十七位日本作家的短篇，從永井荷風、谷崎潤一郎等老前輩，到川端、丹羽、石川、高見等諸位名家，內容以純文學為主；另一方面也可看到松本清張、源氏雞太、五味川純平等人之名，新人方面則有城山三郎。我的〈人間椅子〉也被選入，由一位名叫維諾格拉多娃的女性譯為俄文。

去年一九六一年，對我來說是值得紀念的一年。這年，美國、德國與蘇聯三國分別出版了三本收錄我作品的文學合輯。換句話說，〈人間椅子〉的蘇聯譯本、本書亦收錄的〈帶著貼畫旅行的男人〉德文譯本，以及已經註記在第一卷中的〈人間椅子〉美國譯本，不約而同地一起在一九六一年出版。

〈D坂殺人事件〉

發表於《新青年》雜誌，大正十四年一月增刊號。這是明智小五郎首次登場的作品。

註27／《江戶川亂步作品集》第一卷。

剛開始並未打算將他當作固定的主角，然而，收到各方的意見表示「你構思了一個不錯的主角」，我便決定讓明智小五郎繼續出現在作品中。在〈D坂殺人事件〉中，明智還只是個在香菸舖樓上租屋、埋首書堆的貧窮青年。

繼〈D坂殺人事件〉發表於一月增刊號後，直到這年夏天，我每個月都在《新青年》上發表短篇小說。這也是《新青年》後來經常舉行的六個月連續刊登短篇小說企畫的首次嘗試。在〈D坂殺人事件〉之後寫下的是〈心理測驗〉，當時我總算下定決心成為職業作家，於是《新青年》總編森下雨村先生趁此機會舉行了這項六個月企畫，鼓勵我專注創作。這六個月連續發表的短篇小說，分別是〈心理測驗〉（二月號）、〈黑手組〉（三月號）、〈紅色房間〉（四月號）、〈幽靈〉（五月號，接著的六月號暫停）、〈白日夢〉、〈戒指〉（七月號）、〈屋頂裡的散步者〉（八月增刊號）。

中間雖曾暫停過一次，總之算是連續寫了六個月，儘管其中也有〈黑手組〉或〈幽靈〉這樣拙劣的作品，但〈D坂殺人事件〉、〈心理測驗〉、〈紅色房間〉、〈屋頂裡的散步者〉等，都屬於我的短篇代表作。這次的短篇連載企畫尚稱成功。這年，除了《新青年》上的七篇外，我還在《苦樂》（發表兩篇，其中一篇正是〈人間椅子〉）、《新小說》、《寫真報知》、《映畫與偵探》上發表了共九篇短篇小說，全年合計十六篇。對我來說，這是創作成果豐碩的一年。我的初期短篇代表作，將近半數都在這一年發表。

〈屋頂裡的散步者〉

發表於《新青年》雜誌，大正十四年八月增刊號。屬於創作初期的短篇小說，和〈人間椅子〉一樣，以異想天開的創意博得好評。當時的評論家平林初之輔先生曾說，能在自家天花板裡散步，還把這種體驗寫成小說的作家，找遍古今東西也無第二人，如此強調我是個不可思議的作家。就這層意義來說，本作也是老讀者們記憶特別深刻的作品之一，我的代表作短篇集中，往往會收錄這一篇。不過，英譯短篇集則無收錄此篇，想來或許是西洋人無法理解「屋頂裡」是怎麼一回事吧。

〈帶著貼畫旅行的男人〉

發表於《新青年》雜誌，昭和四年六月號。關於本作，我與當時《新青年》總編橫溝正史先生之間有一段小插曲。昭和二年晚秋，當時我自發表於《朝日新聞》的〈一寸法師〉

之後已休筆許久，而橫溝先生無論如何都希望我寫作，甚至追上正在京都與名古屋等地旅行的我。某日，在下榻的名古屋大須飯店中，我和他躺在床上聊天（戰前我們經常像這樣躺著聊天），我告訴他，其實寫有一作，只是始終提不起勁發表，才剛撕毀作廢，他聞言懊悔不已。關於這件事，我在《偵探小說四十年》中的「代筆懺悔」項目中曾有詳述。此外《寶石》雜誌昭和三十七年三月號中〈某作家的周圍「橫溝正史篇」〉中，也以「代筆懺悔」為題，記錄了與橫溝的談話。當時撕毀的就是〈帶著貼畫旅行的男人〉初稿。

不過這份撕毀的原稿因為寫得太差，實在不是能在《新青年》上發表的東西，一年半後，我才再以相同題材重寫。收錄於本書的就是重寫後的版本，這也是我自己最中意的短篇作品之一。

外語出版方面，本作收錄於James Harris翻譯的我的英譯短篇集《Japanese Tales of Mystery and Imagination》（一九五六）中，題名為「The Traveller With the Pasted Rag Picture」。此外，也收錄於維也納Paul Neff社出版的《Neff-Anthologie》全三集中的第二集，以及以「Der Mann,der mit seinem Reliefbild reiste」為題，收錄於《世界怪奇小說集Der Vampyr》（一九六一）這本大書中。德文版譯者為學習院大學的教授岩淵達治先生。

〈鏡子地獄〉

發表於《大眾文藝》雜誌，大正十五年十月號。我剛開始寫小說的時候，在白井喬二先生的提倡下誕生了大眾文學，眾多作家組成「二十一日會」，做為該會官方雜誌發行的就是這本《大眾文藝》，成員有國枝史郎、小酒井不木、白井喬二、直木三十五、土師清二、長谷川伸、平山蘆江、正木不如丘、本山荻舟、矢田插雲（以上按照姓氏五十音順序排列）加上我，共十一人。這本雜誌只發行了二十期左右便廢刊，我在這裡也只發表了三篇小說：〈灰神樂〉、〈阿勢登場〉與這篇〈鏡子地獄〉。三篇中以〈鏡子地獄〉最受好評，屬於我的短篇代表作之一。

當時，我在某通俗科學雜誌的讀者欄讀到「在球形內部鑲上鏡子，進入其中會看到什麼」的疑問，讀了之後感覺可怕，便將那份恐懼寫成短篇小說，就是這篇〈鏡子地獄〉。外語出版方面，本作收錄於James Harris翻譯的我的英譯短篇集《Japanese Tales of Mystery and Imagination》（一九五六）中，題名為「The Hell of Mirrors」。

〈帕諾拉馬島綺譚〉

發表於《新青年》雜誌，大正十五年（昭和元年）十月號到昭和二年四月號，共分五次連載（中間暫停兩回）。當時該雜誌的總編是橫溝正史先生，本作在他高明的勸說下開始執筆，也是我在《新青年》的第一個長篇。連載時並未受到太多好評，反而是連載結束後愈來愈多人稱讚，其中，受到萩原朔太郎先生的讚美最令我印象深刻。戰後，東寶劇場曾上演以本作改編而成的歌舞劇，於昭和三十二年七月公演，皆為單獨上演。由菊田一夫擔任作詞與導演，演員有榎本健一、谷東尼、有島一郎、三木則平、宮城麻里子、水谷良重等。

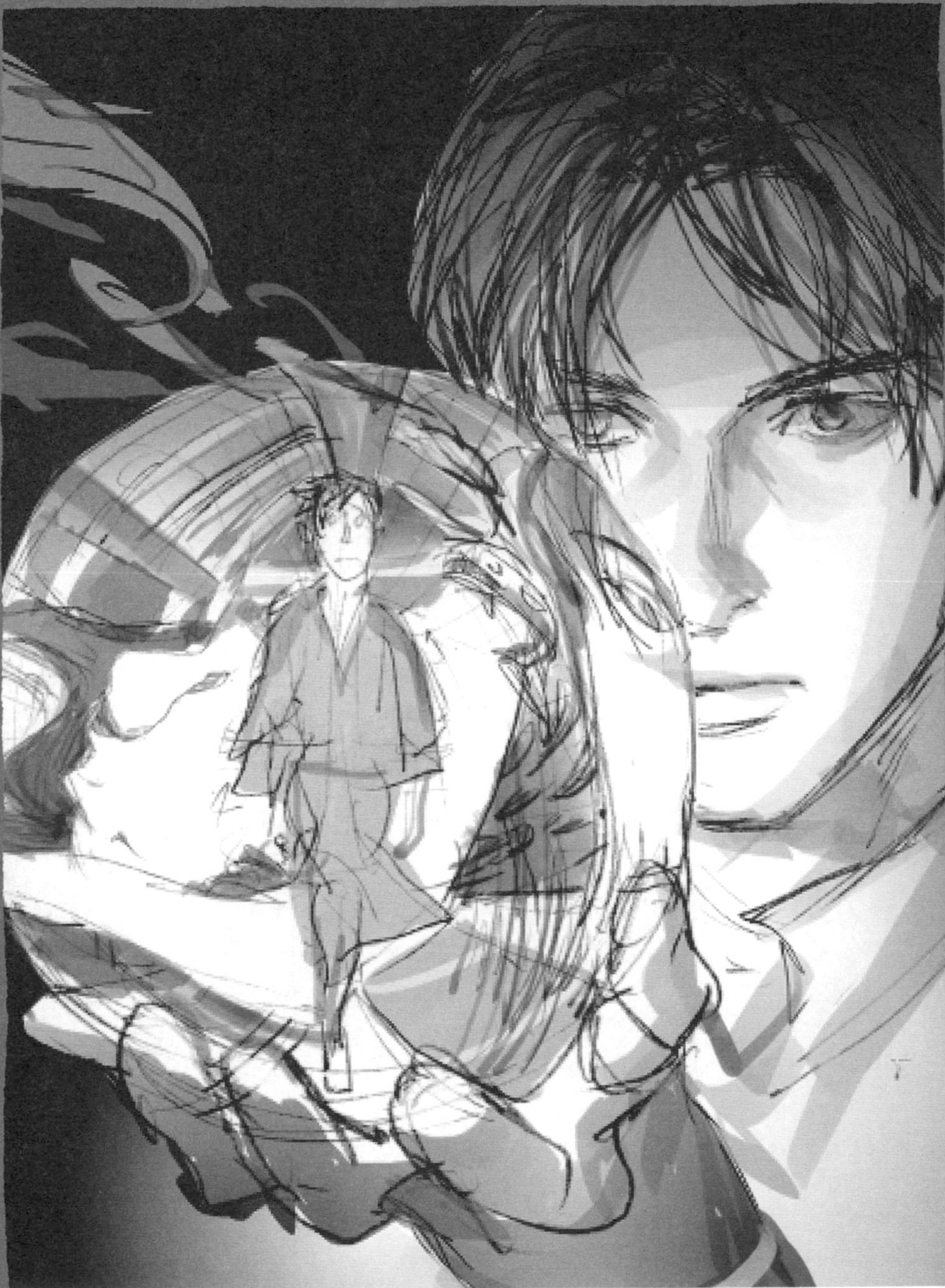

笞井淳　構想圖

關於本書：

一，本書乃是以桃源社發行的《江戶川亂步全集》（一九六一年～一九六三年）為底本，重新編輯而成。字句上，在尊重作者文風的前提下，為現代年輕人較難理解的漢字加上拼音，以易於閱讀為優先考量進行修改。

二，本作中有些以現代觀點來看有欠妥當的歧視字眼及歧視文句，但作者並無歧視意圖，又已是故人，為了尊重作品的藝術性與文學性，便維持底本原貌，不做更動。

Libre編輯部

國家圖書館出版品預行編目資料

江戶川亂步傑作集. 2, 人間椅子 屋頂裡的散步者 / 江戶川亂步作 ; 邱香凝譯.
-- 初版. -- 臺北市 : 臺灣角川, 2016.11
面 ; 公分
譯自 : 江戸川乱步傑作集. 2, 人間椅子 屋根裏の散歩者
ISBN 978-986-473-369-9(平裝)

861.57 105018825

輕文學 Light Literature

江戶川亂步傑作集 2 人間椅子 屋頂裡的散步者

原著名＊江戸川乱歩傑作集 2 人間椅子 屋根裏の散歩者

作　　者＊江戶川亂步
插　　畫＊咎井淳
譯　　者＊邱香凝

2016 年 11 月 28 日 初版第 1 刷發行

發 行 人＊成田聖
總 編 輯＊呂慧君
主　　編＊李維莉
文字編輯＊溫佩蓉
資深設計指導＊黃珮君
美術設計＊邱靖婷
印　　務＊李明修（主任）、張加恩、黎宇凡、潘尚琪

發 行 所＊台灣角川股份有限公司
地　　址＊105 台北市光復北路 11 巷 44 號 5 樓
電　　話＊（02）2747-2433
傳　　真＊（02）2747-2558
網　　址＊http://www.kadokawa.com.tw
劃撥帳戶＊台灣角川股份有限公司
劃撥帳號＊19487412
製　　版＊尚騰印刷事業有限公司
I S B N＊978-986-473-369-9

香港代理
香港角川有限公司
地　　址＊香港新界葵涌興芳路 223 號新都會廣場第 2 座 17 樓 1701-02A 室
電　　話＊（852）3653-2888

法律顧問＊寰瀛法律事務所

libre